佐藤青南

白バイガール

実業之日本社

実業之日本社文庫

白バイガール *The mortorcycle police girl*

contents

白バイガール

1st GEAR

1

「だから黄色だったって言ってんじゃねえかよ！」

相手の剣幕に圧倒され、本田木乃美《ほんだこのみ》はたたらを踏んだ。転倒こそ免れたものの、ヘルメットのシールドがかぽん、と落ちて視界にいちだん暗いフィルターがかかる。

シールドを持ち上げると、8トントラックの運転席からは、まだ剣呑《けんのん》な視線が降り注いでいた。ドライバーは、木乃美の父親と同じくらいの年齢だろうか。角刈りに白髪の混じった、いかにも肉体労働者然とした雰囲気の男だ。不健康そうなスモーカーズフェイスを紅潮させ、数センチだけ下ろしたウィンドウ越しに、高い座席から女性白バイ隊員を睥睨《へいげい》している。

木乃美は、怯《ひる》む自分を奮い立たせた。

「あ、赤でした」

「黄色だよ」

「赤です」

「黄色だっつってんだろうが」

「隣の車は止まったんです」

つい先ほどのことだ。

交差点で信号待ちしていた木乃美の目の前を、8トントラックが信号無視で横切った。片側二車線道路をトラックと並走していた軽自動車は難なく停止したので、制動距離が不十分だったということはない。そもそも、トラックは交差点の目前で急に速度を上げ、交差点を突っ切ったのだ。これほど堂々とした交通法規違反を見逃すわけにはいかない。木乃美は右手親指でサイレンのスイッチを弾《はじ》き、交差点を左折しながらスロットルを開いて、追尾を開始したのだった。

「だったらなんなんだよ。隣の車なんか知るか」

開き直るつもりか。また長引きそうだなと、心に憂鬱な影が差す。

「赤だから止まったんでしょう」

「なんで隣の車が正しいことになるんだ。おれのほうが正しいかもしれないだろう。おれが止まらなかったんだから、赤じゃなかったんだ。そうは考えられないのかよ」

「この目で見たんです。赤でした」

木乃美は自分の目を指差した。お気に入りだったはずの、父親譲りの垂れ気味の大きな目が恨めしい。目だけではない。「丸だけで似顔絵が描ける」と友人からからかわれる顔立ち、中学で身長の伸びが止まったにもかかわらず、横幅だけは着実に増え続けるぽっちゃり体型。すべてが、威厳や権威とはほど遠かった。学生時代に友達を作るのにはおおいに役立った愛嬌《あいきょう》が、交通機動隊に配属されてからのこの三か月あまりで、呪いのように思えている。

「じゃあ目がおかしいんだ。病院で検査してもらえよ」

「両目とも二・〇です」

「測ったときから悪くなってるかもしれないだろう。また検査してこい。それで二・〇のままだったら、男らしくあんたの言うこと認めてやるよ」

すでに『男らしさ』とは対極にいると思うが。

「とにかく、免許証を持って降りてもらってもいいですか」

「人の話聞いてたか。まず目の検査してこいって言ってんだろ」

「目の検査はしません」

「開き直ったな！　自分の目に異常があるのを認めたくないから、検査はしないってことか」

鬼の首を取ったような口ぶりに、木乃美はうんざりとした吐息をついた。

「どうしてそうなるんですか。免許証不携帯ということでいいですか」

「馬鹿言え。免許証は持ってるさ」

ドライバーは財布から免許証を取り出し、提示した。だが木乃美がよく見ようと踵《かかと》を浮かせると、さっと引っ込めてしまう。

「持ってるのわかったから、いいだろう」

「もっとよく見せてください。相川《あいかわ》さん」

一瞬だったので、読み取れたのはドライバーの氏名だけだ。

名前を呼ばれて虚を突《つ》かれたような顔をしたドライバーだったが、すぐに意地悪そうに唇の片端を吊り上げた。

「見せねえよ。免許証は持ってる。信号無視はしてない。それで終わりだ」

「勝手に終わらせないでください。信号は赤だったんです」

「黄色だ」

「赤です」

「黄色」

「赤」

「いい加減にしてくれ。おれは急いでるんだからな」

ドライバーがハンドブレーキに手をかける素振りを見せた瞬間、身体《からだ》が勝手に反応した。

「駄目っ」

両手を広げて仁王立ちになり、トラックの進路に立ちはだかる。

トラックは前進しようとして、がくん、とノッキングした。

眉を吊り上げた顔が、窓から身を乗り出して怒鳴る。

「なにやってんだ！　危ねえだろっ」

自分でも自分の行動が信じられなかった。遅れてきた恐怖が、奥歯をがちがちと鳴らしている。

その後も、睨《にら》み合いはしばらく続いた。

そして木乃美の乱れた息が、ようやく整い始めたころだった。

トラックのコンテナの陰から、長身で肩幅のしっかりした男が、ふらりと現れた。スカイブルーの上下に白いベルトを締め、ヘルメットをかぶった、木乃美と同じ交通機動隊の制服姿だ。

山羽公二朗《やまはこうじろう》巡査長。三十五歳。神奈川県警第一交通機動隊第二中隊二小隊A分隊の班長をつとめる、木乃美の直属の上司だ。状況を理解しているのかいないのか、口笛でも吹きそうな軽い足取りで近づいてくる。

「通りがかってみたらなーにやってんだよ。『101回目のプロポーズ』か」

「それなんですか」

「おまえ知らないの。あの名作ドラマを。僕は死にましぇん……ってやつ」

「知りません」

「マジか。いまどきの二十代はあれ知らんのか……」

山羽は軽く傷ついた様子だった。

「で、違反の内容は」

「信号無視です」

木乃美は両手を広げたまま、違反現場の交差点を顎でしゃくった。小声で詳細な状況を伝える。

「否認してんのか」

「はい」

「おまえは間違いなく、現認したんだな」

木乃美が頷《うなず》くと、山羽はトラックに向かって歩いていった。

「ちわーす。どうしたんすか」

軽く手を上げ、友人に語りかけるような気安い口調だった。新たな敵の登場に険しさを増していた運転席の表情から、拍子抜けしたように険が抜ける。

「どうもこうもない。あの女が、おれが信号無視したって、言いがかりつけてきやがるんだ」

「言いがかりじゃありません！」

いいからいいからと木乃美をなだめるように、山羽は手をひらひらとさせる。

「信号無視してないんですか」

「するわけないだろ。黄色だったんだって、なんべんもなんべんも言ってんのによ」

「黄色だったんですか」

「そうだよ」

「どこらへんで、黄色に気づいたんですかね」

「あ？」

「だから、交差点のどれぐらい手前で、信号が黄色になったのか……ってことなんですけど」

「そりゃおまえ……」

ドライバーが言いよどむ。

「に、二〇メートルぐらいじゃないか」

「となると……黄色になってすぐ、交差点に進入した感じですかね。ここは六〇キロ制限道路だし、制限速度通りの時速六〇キロで走ると、一秒間に一七メートル進む計算になりますから。あ、黄色になった、と思ったら、すでに交差点に進入していて、とてもじゃないけど止まることはできなかった……みたいな感じですか」

「そ、そうだな。その通りだ」

違う、と言いかける木乃美のほうを、山羽は向いた。

「追尾を開始したとき、本田側の信号は……」

「青でした」

間違いない。信号が青に変わり、発車しようとフットレストに足を載せたところで、視界にトラックが飛び込んできたのだ。一歩間違えば大事故に繫《つな》がりかねない、危険なタイミングだった。

ふむ、と唇を曲げてしばらく虚空を見上げた後、山羽が首をかしげた。

「やーっぱり、おかしいんだよな」

「なにがだよ」

「いやだってね、交差点の手前およそ二〇メートルで、黄色信号に気づいたんですよね」

「そうだ」

「たいするうちの若いのは、自分のほうの信号が青に変わった後で、追尾を開始したと言っています。そこは信じていただけますか」

「まあ……いいだろう」

「あざっす」調子のいい体育会系の学生のような礼を言って、山羽は続けた。

「そう考えると、やっぱりおかしいんです。この、トラックの停車位置が」

「はあっ？」

「だって、ここから例の交差点まで、一〇〇メートルといったところじゃないですか。あの信号の黄色が持続する時間は……あ、いまちょうど黄色。見てください」

木乃美とドライバーは、山羽の指差す黄色信号を注視した。

「……二、三」

信号が赤になる。

「三秒間なんですよ。場所によって違いはあるんですが、ここ神奈川県だと、黄色信号はだいたい平均して三秒。青から黄色になって、三秒後に赤になる計算です。運転手さんは交差点に進入する、およそ二〇メートル手前で信号が黄色になったと、おっしゃってましたよね。つまり運転手さんが信号を通過した後、二秒弱は黄色信号が持続してたってことなんです。すると、うちの若いのほうの信号が青に変わり、運転手さんのトラックを追いかけ始めた時点で、運転手さんはすでに三〇メートル以上進んでたことになります。停止状態だったバイクがスピードに乗るまでの時間を考えると、もっと差は開いてたんじゃないですかね。そこから追いかけ始めて、サイレンを鳴らして、路側帯に寄せるように拡声して、運転手さんがそれに気づいてブレーキを踏むという段階を考えると、あの交差点からたったの一〇〇メートルほどしか離れていない、この場所に停車できるはずが、ないんですよねえ。おかしいなあ」

あくまで違反者を責めるふうではなく、超常現象を不思議がるような口調だった。

ドライバーはぐうの音も出ない様子で、黙り込んでいる。

「どうですかね。ちらっとよそ見して、ほんの一瞬、黄色信号に気づくのが遅れた……なんてことも、あるんじゃないですか。人間だし」

これ以上ごねてもしかたがない。提案された落としどころで手を打とうと観念したらしく、ドライバーが頷いた。

「そうだな。もしかしたら、少しだけ黄色に気づくのが遅れたかもしれない」

「ですよね。ほんの少し、ですよね。だけどその少しの油断が、命取りになる場合だってあるんです。そいじゃ、免許証と車検証持って、車降りてもらっていいですか。申し訳ない」

山羽が手刀を立てる。

車を降りたドライバーを、山羽はコンテナの後方まで誘導した。そこには木乃美のものと山羽のもの、二台のホンダ・CB1300Pがスタンドを立てている。

「ほらよ」

バイクの近くまで来たところで、違反者の免許証と車検証を手渡された。

「面倒くさいから、あとはおまえやってくれ」

山羽は欠伸《あくび》をしながら手を払うと、自分のバイクのほうまで歩いていってしまった。

　違反者とともに取り残された木乃美は、慌てて作業を開始した。

　自分のバイクのサイドボックスから、交通反則告知書――いわゆる青切符を取り出し、バインダーに挟んで、免許証と車検証から必要事項を転記する。山羽の指示には従順だった違反者だが、納得しているわけでも、ましてや反省しているわけでもなさそうだ。不機嫌さが無言の圧力となり、木乃美の手もとを震えさせる。

　なにか、場を和ませるような話を。

「お仕事……だったんですか」

「当たり前だろ。8トンだぞ」

　鬱陶しそうに返事されて、早くも心が折れそうになる。

「た、大変ですね」

「早くしろ」

「免許証の住所は横須賀《よこすか》になっていますが、横須賀にお住まいなんですか」

「だったらなんなんだ」

　和むどころか、ドライバーは余計に仏頂面になった。

「友達が、横須賀に住んでいる……から……」

「知るか、そんなもん」

「いいところですよね。どぶ板通り商店街とか、三笠《みかさ》公園とか」

なんとか笑おうとしたそのとき、ドライバーが突如、爆発した。

「くだらないこと喋《しゃべ》ってないで、さっさとしろよ！　こっちは急いでんだ！」

驚いてボールペンを落としそうになった。

そこからはさらに手先が乱れ、ミミズの這《は》ったような字になってしまった。もちろん会話などできない。

ようやく書き上がった青切符を、ひったくるように奪われた。

「善良なドライバーをいじめて、さぞや楽しかろうな」

去り際にぶつけられた捨て台詞《ぜりふ》が、深々と胸に刺さる。

走り去るトラックが視界から消えても、木乃美はしばらくその場に立ち尽くしたまま、動けなかった。

「もっと牛乳飲んだほうがいいな」

振り返ると、山羽がバイクのシートにもたれるようにしている。

「いま、なんて」

「だから、もっと牛乳飲んだほうがいいな……って」

「どうしてですか」

「どうして、って……ほら、牛乳にはカルシウムがたくさん含まれているだろう。カルシウムが足りないと、いらいらしやすくなるらしいじゃないか……恥ずかしいからこういうの説明させるな」

「すみませんでした」

頭を下げられ、山羽はきょとんとした。

「なんで、謝る」

「班長をいらいらさせてしまったからです」

「そうじゃなくて、おれが言いたいのは……」

山羽は困ったようにヘルメットをぽんぽんと叩《たた》き、「まあいいや」と、あきれたように肩をすくめた。

「それよりおまえ、なんで応援呼ばないんだよ。今回は、たまたまおれが通りがかったからいいけどさ、なんかあったらすぐ呼べって、いつも言ってんじゃん」

「すみません」

「いや、謝って欲しいわけじゃなくて。ゴネるやつに時間取られるのも、馬鹿馬鹿しいじゃないか。変なのいたらさっさと仲間呼んで、逮捕するなりなんなりして持ち物検査して処理したほうが、効率いいだろ。だいいちおまえ、そんなに余裕ぶっこいてられる立場でもないよな」

山羽が言っているのは、青切符のノルマのことだ。第一交通機動隊に四つある中隊にそれぞれ課せられる青切符のノルマは、小隊、分隊へと分割され、隊員一人当たり月に四十から五十枚となる。非番と週休を除くと一か月の勤務は十五日ほどだから、一日平均三、四枚の切符を切らないとノルマをこなせない計算だ。山羽が先ほど青切符の処理を任せてくれたのも、月末まであと数日と迫りながら、ノルマの半分も達成できてない木乃美への情けなのだろう。

「それかさ、いいんだぜ。止めてみて、こいつは時間かかりそうだと思ったら、さっさと解放しちゃっても。素直に従ってくれる違反者ならせいぜい十分で済むところが、面倒くさいやつに当たったら、三十分とか四十分とか無駄にすることになるだろ。学生時代のテストとかでもさ、難しい問題は飛ばして、易しい問題から先に解くとか、セオリーがあるじゃないか。上手《うま》いことやれよ」

「すみません」

「だから、謝らなくていい。怒ってるわけじゃないんだから」

山羽の苦笑に困惑が滲《にじ》む。

「ところで前に教えた漁場《ぎょば》、行ってみたか」

「いえ」

「どうして。行ってみろよ。三ツ沢《みつざわ》の小学校と団地の中間あたりにあるT字路。時間帯限定で右折禁止になってる場所だから、待ち伏せしてれば知らずに右折してくる違反者で入れ食いだぞ」

うひひと愉快そうな山羽の心理は、ちょっと理解しがたい。

漁場とは、ドライバーが交通法規違反を犯しやすい地理的条件をそなえた場所のことだ。白バイ隊員の多くは先輩から受け継いだか、もしくは自ら開拓した漁場を持っている。走り回って違反を探す『流し』よりも、漁場での待ち伏せのほうが、格段に効率が良い。

そう。効率は良いのだが。

これで、いいのだろうか——？

木乃美が葛藤していると、山羽は焦《じ》れたように「まあ、好きなようにしていいけどさ」と話を打ち切った。シートに跨《また》がり、ハンドルを握る。

「とにかく、なんかあったら連絡しろ」

「ありがとうございます」

走り去る山羽を見送った後、木乃美もシートを跨《また》いだ。

キックペダルに足を載せ、体重をかける。

ぶるるん。低い唸《うな》りとともに、エンジンが目を覚ました。最初にその振動を身体で感じた瞬間は、喜びのあまり全身に鳥肌が立ったものだった。

だが、いまは——。

ぼんやりと空を見上げ、ふうと肩を落とす。いまにも雨が降り出しそうな梅雨空が、自分のため息でさらに暗くくすんだ気がした。一日は始まったばかりだ。まだまだ先は長い。

そのときふと、山羽の発言を思い出した。

もっと牛乳飲んだほうがいいな——。

「そっか。あれって、違反者のこと言ってたんだ……」と、ようやく自分が慰められていたことに気づいた。

2

川崎潤《かわさきじゅん》はハンドルを軽く握り、シート後方に座った乗車姿勢を保ったまま、目を閉じていた。もう二十分もそうしているだろうか。神妙に眉根を寄せた顔つきは、どこか修行僧のようなストイックさを漂わせていた。

ときおり潤の脇を、自動車やバイクが通過していく。それらの車両は、きまって路肩に停車した白バイに気づき、怯《おび》えるように速度を緩め、軽く膨らみながら横を通過して追い抜いた後、右ウィンカーを点滅させ、第二京浜《けいひん》道路との合流地点へと進入する。しばらく走って白バイが自分を追って来ないと確信すると、安心したように加速するのだった。

神奈川県横浜《よこはま》市鶴見《つるみ》区。第二京浜道路と県道の交わるこの地点は、潤が自ら開拓した漁場のうちの一つだった。

第二京浜道路が、県道を跨ぐ立体交差になっている。潤がいるのは、県道から左折するかたちで、第二京浜道路へと合流する側道だった。

高架を渡る車両は、登坂する際にアクセルを踏み込むため、下り坂では思いがけず速度超過に陥るケースが多い。朝のラッシュが終わった時間、道路の空き始めた交通状況も、ドライバーの気の緩みに拍車をかける。さまざまな要因が重なり、無意識の速度違反を誘発するという寸法だ。

ふいに、潤はかっと目を見開いた。

右手でアクセルグリップをひねり、バイクを発車させる。すぐさまクラッチを切ってシフトアップ。ぶつかってくる風から身を隠すように、姿勢を低くした。鳥が羽ばたくような滑らかな動きだった。

バックミラーで後方を確認しつつ、右側に腰を沈めて第二京浜道路に進入する。そこからは一気呵成《かせい》だ。車線を変更しながらシフトアップを続け、ほどなくトップスピードに達した。瞬く間に目標が近づいてくる。

潤が捕捉したのは、8トントラックだった。コンテナを積載しているせいで、真後ろは見えていないだろう。遠慮なく後ろにつき、速度測定に入った。

メーターの数字が確定するまで、トラックと同じ速度を保って追尾する。

時速七三キロ。五〇キロ制限道路だから、二三キロオーバー。

「ごちそうさま……っと」

サイレンのスイッチを弾いた。

赤色回転灯が点灯し、けたたましいサイレンが鳴り響いて、周囲に白バイの存在を知らしめる。静から動へと移るこの瞬間が、潤は好きだった。

車線を変更し、速度を上げてコンテナの横につく。

「大型トラックの運転手さん、左に寄せて止めてください」

拡声で指示すると、トラックはブレーキランプを灯《とも》した。

ハザードを焚《た》いたトラックが完全に停止するのを待って、バイクを降りる。

近づくと、開けた窓から身を乗り出したドライバーに、いきなり怒鳴りつけられた。

「ふざけんじゃねえぞ！　おめえらいったい、おれからいくら搾り取るつもりだ！」

白髪交じりの角刈り頭。ぎょろりと白目を血走らせ、噛《か》みつかんばかりの剣幕だ。

まったく、いい歳《とし》こいて大人げない――。

潤は飛んでくる唾を避けるように顔を背けつつ、ひややかにヘルメットのシールドを上げた。

「ふざけてはいません。法で定められた以上の反則金を徴収するつもりもありません。反則金を払いたくなければ、交通ルールを守ればいいだけの話です」

そのとき、白バイ隊員が女性であることに初めて気づいたらしい。ドライバーがぎょっと目を剝《む》く。そして次の瞬間には、もともと険しかったドライバーの表情が、さらに険しさを増して般若のような形相になった。

「おまえ、女か！」

「だったらなんですか」

潤は女性にしては背が高いため、遠目には男に見えることもあるらしい。声をかけられて初めて相手が女だとわかり、とたんに強気な態度になる違反者は多かった。だが、今回のドライバーの態度は、それだけが理由ではなさそうだ。

「ついさっきも、女の白バイにいちゃもんつけられたんだよ！　信号無視だとかなんとか」

あいつか。

ノーメイクにもかかわらず、妙にぱっちりした目の同僚の人懐こい笑顔を思い出し、潤は内心で舌打ちをした。

「ひとまず降りてもらっていいですか」

「なんでだよ」

「自分が何キロ出していたか、どれほど危険な運転をしていたか、わかっていますか。一緒に来て速度を確認してください」

「あのな、おれは信号無視なんかしてねえんだよ」

「信号無視は、私には関係ありません」

「関係ないことないだろう。同じお巡《まわ》りなんだから」

「逮捕しますよ」

「なに？」

「現段階で私が遂行している取り締まりは、交通反則通告制度に基づく告知に過ぎません。ですがどうしても私の要求に従えないとおっしゃるのなら、刑事訴訟法に基づく手続きに移行せざるをえなくなります。具体的にはあなたを緊急逮捕し、身柄を拘束した上で、持ち物検査を行います」

さすがにドライバーの顔色が変わった。

「私はどちらでもかまいませんが、嫌がる方は少なくありませんね。前科がつくと、日常生活にもいろいろ支障があるようですから」

ハッタリだった。免許証の提示を拒み続ける違反者を逮捕し、持ち物検査をすることはある。だが暴行でもされない限り、身分証明書を確認したらその場で身柄解放だ。前科がつくことはない。

だがドライバーはそんなことを知る由もない。慌てて車を降りてきた。

その後はいちいち指図する必要もない。潤を追いかけて白バイまでついてくる。

「この赤枠内を見てください。測定速度は七三キロ。制限速度から二三キロ超過です」

「そんなに出してな……」

不服そうにするドライバーを、冷たい一瞥《いちべつ》で黙らせる。このところ、眉をひそめたときにできる眉間の皺《しわ》が深くなったように思う。「そんなに怖い顔してたら行き遅れるぞ」と先輩からセクハラまがいの発言を浴びせられて以来、実は少し気にしている。

とはいえ、違反者に甘い顔をするわけにはいかない。

「なにか」

「いや……」

免許証と車検証を提出させ、粛々と手続きを進めた。

そわそわと自分のズボンの太腿《ふともも》あたりを触っていたドライバーが、沈黙に耐えかねたように口を開いた。

「あの……」

「なに」

低い声で威嚇すると、ドライバーはびくっと身を震わせた。また皺が深くなったかなと、ひそかに落ち込む。

結局、青切符を渡して解放するまで、会話らしい会話はなかった。

変にご機嫌うかがいなんてするから、違反者がつけ上がるのだ。

先ほどまでの定位置に引き返し、ふたたび目を閉じる。ふうと長い息を吐いて、精神を集中した。

鼓膜に飛び込んでくるさまざまな音の中から、第二京浜道路の高架を走る車両のエンジン音だけを拾い上げる。やがて潤の唇は小さく動き、声にならない囁《ささや》きを漏らし始めた。

意味不明の呪文のようにも聞こえる音の連なりは、よく聞くとわかるが、高架を通過する車両のメーカー名だった。潤にはエンジン音を聞くだけで、車種と、おおよその速度までも言い当てる特技があった。おかげで交通機動隊配属からの三年、取り締まり成績はつねにトップクラスをキープしている。

「トヨタ、トヨタ……ダイハツ、日産……ホンダ……日産……」

視界を閉ざした暗闇で聴覚を研ぎ澄ましながら、ぶつぶつと呟《つぶや》く。

「日産！」

GT－R。

地面に着けていた乗車靴の踵を浮かせ、アクセルグリップをひねろうと手首を押し込む。

が、発進は取りやめた。

速度を読み誤ったことに気づいたのだ。

音量に惑わされたらしい。マフラーがカスタマイズされていたせいか、市販のものよりも排気音が増していたようだ。

じゅうぶんに集中していたつもりだったが。

舌打ちとともに、踵をアスファルトに着ける。

改造車とはいえ、普段の潤ならありえないミスだった。

そのとき、一人の女の顔が脳裏に浮かんだ。

本田木乃美——。

今朝も、週休日に一緒に買い物に行かないかと誘われた。行くわけがない。週休日に潤が足を運ぶのは、デパートやファッションビルではない。バイクショップだ。誘いを断ったときの残念そうな顔を思い出し、なぜだか無性に腹が立ってきた。なんで私が申し訳ない気持ちにならないといけないんだ。

木乃美と同僚になった日を思い出す。

分隊長に連れられて隊員たちの前に現れた新任の女性隊員が、三年前に白バイ訓練課程を受講したときの同期だということは、すぐに気づいた。だが潤は表情に出さなかった。ほんの三週間、一緒に過ごしただけで、その後はいっさい連絡も取っていなかった相手だ。

しかし木乃美のほうが近づいてきた。

近づいてきただけでなく、潤の両手をとって小さく飛び跳ねられ、困惑した。学生時代にも、そういう女子グループとは距離を置いてきた。

——川崎さん、久しぶり。

——お、お久しぶりです。

——なんで敬語使ってるの？　タメ口でいいよ。

——本田さんのほうが、先輩ですから。

二人は同じ年だが、神奈川県警への入庁は木乃美のほうが一年早い。潤が高校卒業後、一年の浪人を経たためだ。

——なに言ってるの。同じ年なんだから気を遣わないで。交機隊では川崎さんのほうが何年も先輩だし、いろいろ教えてね。

満面の笑みに引きつった笑みで応じていると、山羽から肩に手を置かれた。

——ライバル登場だな。

なんでそうなる。女性という共通項があるだけで、一括《ひとくく》りにしようとする上司の前時代的な価値観に幻滅した。

あの女と私は違う。それどころか、なにもかもが正反対だ。そもそもあの女には、初心者に毛の生えた程度の運転技術しかないじゃないか。潤には、白バイを扱わせれば、そんじょそこらの男性隊員には負けないという自信がある。

そして自信を支える実績も。

——いろいろ教えてね。

なんで私が。

なんであの女が。

——ライバル登場だな。

待て。落ち着け。よけいなことは考えるな、考えるな。

雑念を追い払おうと、バイクを降りて深呼吸した。ガードレールを使ってストレッチをするうちに、気持ちが静まってくる。

ふたたびシートに跨り、肩をまわした。ハンドルを握り、キックスターターを踏み込む。

が、足が空振りしてシートから落ちそうになった。

3

視線は一つ先のパイロンに先送り。

上体はリラックスさせつつ、下半身ではしっかりとニーグリップ。

ハンドルのイン側を下へ押し込み、アウト側を引き上げるようなイメージで。

曲線ではなく直線を意識し、最短距離のライン取りを。

リアブレーキを上手く使いながら、加減速の衝撃を抑え、車体を安定させる。

木乃美は注意事項を頭の中で確認しながら、バイクを蛇行させ、等間隔に並べられたパイロンを右に左にとクリアしていった。パイロンスラロームは警ら出動前の慣熟走行に組み込まれ、日課となっているので、お手の物だ。重い車体に振り回されることもなくなり、自らが「操っている」という感覚も身についてきた。

続いて一本橋に差しかかる。速度を緩めながら、横幅わずか三〇センチの平均台に乗り上げる。腰を浮かせて立ち乗りの体勢になっているのは、橋の途中に設けられた段差へのそなえだ。肘と膝を上手く使って衝撃を吸収しないと、長さ一五メートルを転落せずに渡り切ることはできない。

上体を固定し、頭の高さは一定に。

真剣な表情でバランスを取りながら、鼻歌を口ずさむ。楽しいからではなく、設定タイムに合わせるためだ。たんに転落せずに走り抜ければいいわけではない。

場違いな鼻歌をＢＧＭに、バイクは一本橋の上をゆっくり、ゆっくりと進んだ。段差に乗り上げる衝撃を、膝で吸収する。フロントだけでなく、リアタイヤが乗り上げる際にも要注意だ。

わずか一五メートルを、たっぷり二十六秒かけて渡り切った。

ふうと息を吐いたが、気を抜くどころか、緊張感は逆に高まっていた。

次は木乃美がもっとも苦手とする、小道路旋回だ。

五メートル四方の狭いスペース内で車体をＵターンさせるこのテクニックは、対向車線に違反車両を発見した際などの、スクランブル発進を想定している。全国の精鋭が集う白バイ安全運転競技大会ですら転倒者が出るほど、難度の高いテクニックだ。

ブレーキをかけ、乗車靴の足裏を接地する。

大きな深呼吸を一つしてから、後方確認のために顔をひねった。

「後方よし！」

アクセルを開き、半クラッチで発進。いっきに右ハンドルを切ってフルロック。ほとんど勢いよく車体を転倒させるような動きになるため、急激にアスファルトが迫ってくる。

怖がるな。怖がるな。

自分に言い聞かせるものの、無意識にハンドルを緩めていたらしい。

曲がり切れなかった。木乃美のバイクは思い描いていたコースより大きく膨らみ、Uターンではなく右折になってしまう。

前方には、先輩隊員の元口航生《もとぐちこうき》がぎょっとしながら、両手をこちらに向けていた。

「おいおいおい。勘弁してくれ。おれを轢《ひ》き殺す気か」

いきなり後輩の白バイが突進してきたので、本気で驚いたらしい。趣味のサーフインで日焼けした顔が真っ白になり、大きな目が真ん丸になっている。

「すみません。わざとじゃないんですけど」

「当たり前だっての。わざとだったら怖すぎるってばよ」

そのとき、ガレージから出てきた男が、元口の背後を横切ろうとする。小柄でがっしりした元口とは対照的なひょろりと細長い体軀《たいく》は、いつも木乃美に男子フィギュアスケーターを連想させた。

男は気づかれないように足音を殺している様子だが、元口は背中に目がついているようだった。弾かれたように振り向く。

「梶《かじ》さん！　梶さんからも言ってやってくださいよ。本田のやつ、おれを轢き殺そうとしたんですよ」

ぎくりと肩を跳ね上げた男が、こちらに顔を向けた。

梶政和《まさかず》。元口より二歳年上の二十八歳だが、穏やかな性格がなめられやすいのか、しばしば元口の玩具《おもちゃ》にされている。元口の完全な片想いらしく、梶のほうは元口をやや苦手にしているようだが、漫才コンビのようなやりとりは、山羽いわく「A分隊名物」となっている。

「本当に轢き殺してくれればよかったのに」

梶は聞こえるように呟きながら、渋々といった雰囲気で歩み寄ってきた。

「え？　なんか言いましたか」

元口がわざとらしく自分の耳に手を添えると、迷惑そうに鼻に皺を寄せる。

「言ったよ。轢き殺してくれればよかったのにって」

「なんですって？」

聞こえないふりで顔を近づけられ、梶はかぶりを振った。

「なんでもない」

現場の隊員を統率する班長の山羽を筆頭に、元口、梶、それに女性隊員の川崎潤を加えた四人が、木乃美の所属するA分隊の同僚たちだった。分駐所の留守を預るのは、分隊長の吉村賢次《よしむらけんじ》巡査部長だ。

神奈川県警は管内を東西に二分割し、東部を第一交通機動隊、西部を第二交通機動隊に担当させている。第一交通機動隊本部は横浜市南区《みなみ》にあるが、A分隊の面々が本部に足を運ぶのはせいぜい数か月に一度で、日ごろは、みなとみらい分駐所に直接、出勤している。

みなとみらい分駐所は、横浜みなとみらい21の広大な埋め立て地にある。横浜ベイブリッジを望む湾岸に建ち、つねに吹きすさぶ浜風のせいで、海に面した側の金網はすっかり錆《さ》びてボロボロだが、施設自体はまだ真新しい。

第一交通機動隊ではもっとも新しい分駐所で、近年発展著しいみなとみらい地区の人口増加に対応すべく設置された。当初はだだっ広い敷地に、ぽつんとプレハブの事務所とガレージが建っているだけだったが、せっかく土地が余っているのだからと、少しずつ訓練用の設備を充実させていったという話だ。いまでは県内屈指の設備を有するに至り、数か月に一度開かれる中隊内の運転競技大会でも、この場所が会場として使用されていた。

木乃美が暇を見つけては訓練に勤《いそ》しんでいるのも、A分隊代表として大会に出場するのが決まっているからだ。

「あらかじめハンドルを左に切った逆操舵の状態にしておけば、上手いこと車体が倒れてくれるぞ」

梶が中腰になり、ハンドルを切る動きを実演してくれる。

木乃美が話を聞きながらハンドルを動かしていると、なぜか元口もふむふむと頷きながら見えないハンドルを握った。

「なるほど。いっきに吹かしていっきにハンドル切る。こうかな……えいっ」

元口がハンドルを切る動きをしながら、横にいた梶の頭を肘で小突く。

「なんとなく摑《つか》めてきました。こうだな……えいっ」

二度目に小突かれたところで、梶が鬱陶しそうに手を払った。

「やめろよ。おれの頭に当たってる」

「あれ……マジすか。すみません。ぜんぜん気づかなかったわ。危ないですね。これが実車だったら巻き込み事故だ。本田も気を付けろよ」

「なんだよそれ。そんなんで上手いこと言ったつもりか」

先輩二人のエールを受けながら、木乃美は先ほどの位置まで戻った。

梶の助言通りに、あらかじめハンドルを左に切って逆操舵の状態を作っておく。

バイクには、ハンドルを切ったのと逆の方向に倒れようとする特性がある。逆操舵にすることで、発進と同時に、いっきに車体を倒し込めるのだ。

「頑張れ、本田！　おまえの小道路旋回成功に二万賭けているんだ」

「賭けてんのかよ。ってか、おまえ公務員だろ」

肩を上下させ、大きく息を吐いた。

さあ、今度こそ。

後ろを振り向いて、安全を確認する。

「後方、よし！」

半クラッチで発進し、思いきりハンドルを右に切った。ぐんっと、車体がバンクする。尻をシートの端に動かし、真上に座るかたちを作って、バランスをとる。

大胆に、かつ繊細に。

車体は大きくバンクしながら、半円を描いて旋回する。いまにもステップの部分が接地しそうだ。ライダーの感覚では、ほぼ横倒しになったまま回転している。

もしかして、いける——？

だが、片隅に残っていた小さな恐怖が、わずかに手もとを狂わせた。ほんの小さな手もとの狂いが、大きなバランスの乱れとなって車体に伝わる。

やばっ……。

と思ったときには、木乃美は地面に投げ出されていた。

あーっ、と残念そうな先輩二人の声が聞こえる。

「大丈夫かー」

「大丈夫です」

即座に起き上がり、横倒しになったバイクに駆け寄る。

両手でハンドルを握り、車体と地面の隙間に左脚を差し込んで、てこの要領で腰に力をこめた。だがバイクはわずかに浮き上がるだけだ。何度やってみても、起こすことができない。

「手伝うか」

梶の声が飛んでくる。

「大丈夫!」

踏ん張りながらだったので、つっけんどんな返事になった。

「おお、怖っ……」

元口が震える真似《まね》をする。

ときおり声をかけてくる二人の先輩隊員に愛想笑いを返しながら、バイクを起こそうと試みた。だが、どうしてもできない。

三年前に受けた白バイ養成訓練課程では、できたはずだった。とはいえ、訓練課程で使用していたのは、同じCB1300Pでもネイキッドだ。その時点ですら二六〇キロもの重量があるのだが、実際に現場で運用するフル装備になると、カウル、サイドボックス、無線機、赤色灯、サイレンなどの重さが加わり、三〇〇キロを超える。そうなると木乃美にとっては、もはや扱い慣れたはずのCB1300Pとは別物だった。手に負えない怪物だ。倒れたバイクを起こすのさえ困難になり、小道路旋回に至っては、着任から三か月が過ぎようとしているのに、いまだ一度も成功できないでいる。

遠巻きにしていた二人の先輩隊員は、すでにすぐそばまで来ていた。

「意地張ってんじゃねえよ。ほら、代われ」

元口が木乃美のハンドルに手をかける。

「だ、大丈夫です。大丈夫」

そういう木乃美の腕は、限界を迎えて小刻みに震えていた。

「いいからどけって」

肩で押しのけられた。

「そういえば梶さん、元住吉《もとすみよし》に新しくガールズバーが出来たの、知ってますか。けっこうかわいい子が揃ってるんで、こんど行きません？」

「なに言ってるんだ。おまえ結婚してるだろ」

「マジすか。おれ、結婚してましたっけ」

「してるよ。ブッサイクな嫁さんとかわいくないガキ二人がいるじゃないか」

「そういうリアルな指摘、ガチで傷つくんで勘弁してください」

梶と軽口の応酬をしながら、元口は難なくバイクを起こしてみせた。

「ありがとうございます」

「いいっていいって。みんな通る道だ」

懸命に笑顔を繕ったものの、木乃美は自分のふがいなさに涙が溢《あふ》れそうだった。

取り締まりでは違反者を説得できない。青切符のノルマをクリアできずに同僚の足を引っ張る。自分のバイクを扱いきれずに転倒させる。挙げ句、転倒させたバイクを起こすことすらできない。これじゃあ、まったく戦力になっていない。いったい自分はなにをやっているのか。

そして当然のように、この言葉が心に浮かんでくるのだった。

こんなはずじゃなかった――。

木乃美は島根の出身だった。まったく地縁のない神奈川県警を受験したのは、箱《は》根《ね》駅伝を先導する白バイに憧れたからだ。出雲《いずも》駅伝の先導じゃ駄目なのかという両親の意向を汲《く》んで島根県警も併願したが、幸か不幸か、合格したのは神奈川県警だけだったので、悩むこともなかった。

当初から白バイ乗務希望を公言していた木乃美に大きなチャンスが訪れたのは、警察官となって二年が過ぎた、二十歳のときだった。所轄署長の推薦をもらい、白バイ乗務員養成訓練への参加が許されたのだ。

三週間にわたる地獄の訓練を耐え抜き、修了試験合格証を手にしたときには、これで晴れて憧れの白バイ隊員だと、感極まって号泣してしまった。

ところがその後、実際に交通機動隊配属の辞令が下るまでには、三年もの月日を要した。その間、自分より後で養成訓練に参加した後輩が、白バイ隊員になったという話を耳にしたのも、一度や二度ではない。自分のなにがいけないのだろうと、焦りばかりが募る日々だった。おかげで辞令を受けたときには、またも号泣してしまった。

あのときは、喜びしかなかったのだ。

あのときは……。

勤務が終わり、桜木町駅《さくらぎちょう》まで歩いて、横浜市営地下鉄ブルーラインに乗った。伊勢佐木長者町駅《いせざきちょうじゃまち》で下車し、4B出口から地上に出る。そこから湊《みなと》警察署までは、ものの一〇〇メートルといったところだ。桜木町から元町周辺を管轄する湊警察署の、五階建ての最上階が、独身待機寮に充てられていた。交通機動隊配属後の、木乃美の住まいだ。

夕暮れの道をとぼとぼと歩いていると、いきなり誰かに肩を叩かれ、心臓が止まりそうになった。

顔を上げると、スーツ姿の男の福々しい顔が、にんまりと覗《のぞ》き込んでいた。

坂巻透《さかまきとおる》。警察学校の同期だが、大卒入庁のために木乃美より四歳年上だ。

「部長。どうしたの」

まだ二十七歳の坂巻が、部長のはずがない。すでに寂しくなり始めた頭髪と、ベルトの上に乗っかる腹の肉が年齢不相応な貫禄《かんろく》を醸し出す若手警察官に、同期たちが与えたニックネームだった。

「おまえこそどうしたとや。ちゃんと前見て歩かんか」

坂巻はいまだに出身地の九州訛《なま》りが抜けないと言うが、仕事のためにわざとそういう話し方を貫いているのではないかと、木乃美は思っている。のんびりとした印象のせいかつい心を許してしまい、話さなくていいことまで話していることがよくあった。

「ごめん……」

「なんでもかんでもすぐ謝ってんじゃなか。そんなんで取り締まりなんかできとるとや？」

痛いところを突かれ、作り笑顔がさらに引きつる。

「まあね。ところでどうしたの。湊署になにか用？」

「あれだあれ、連続強盗事件。あれの捜査」

「連続強盗事件……？」

「おまえってやつは……県内で発生した事件ぐらい、ちゃんと把握しとかんか」

あきれたような口調でかぶりを振る。

「目出し帽やら覆面やらで顔を隠した強盗団が、個人商店に白昼堂々押し入って金を奪う事件が、連続して起きとるやろ」

「ああ」ようやく思い出した。

「たしか事件発生現場が、県内全域に及んでいるとかいう……」

「そうそう。それ」

「前に溝口《みぞのくち》のディスカウントストアが襲われて二十万円が奪われたとかで、緊急配備敷いてたのもそうでしょ。あのとき、私はちょうど府中《ふちゅう》街道にいたから」

「それは三件目のやつな」

「まだ捕まってなかったの、あれ」

「無責任な市民みたいなこと言うとるなよ。交機には関係ないかもしれんけど、おまえだっていちおう警察の一員ぞ」

両手を腰にあてた坂巻が、お説教口調になる。

「だけどあの事件、目撃者もたくさんいたんじゃなかったっけ」

大胆きわまりない犯行手口ゆえに、目撃者も多数存在すると聞いた。

「そいが厄介なもんで、ここ二か月で同一グループのものと思われる犯行が七件、発生しとるんやが、事件ごとの目撃者の証言がバラッバラでな、犯人グループの人数まではまだいいとして、体格やら性別、逃走車両の特徴に至るまで、まったく一致するところがない。だけん、絞り込みできんでいるってわけよ。もしかしたら、背後に大規模な窃盗団が存在しとるのかもしれんな」

「すごいね……」

なんだか遠い世界の話のようだと、木乃美は思う。

冴《さ》えない風貌の坂巻だが、いち早く県警本部捜査一課に引き抜かれ、刑事となった、同期の出世頭だ。

いっぽうの木乃美といえば、交番勤務時代には近所のお年寄りの茶飲み話の相手役を一手に引き受け、現在は日々、違反ドライバーと揚げ足の取り合いを繰り広げている。任官してからの五年間で、見てきた世界も違うのだろう。

遠巻きにしていた男が歩み寄ってきた。

「あ、峯《みね》さん。こいつですよ、こいつ。最近一交機に配属されて白バイ乗りになった、おれの同期」

少し誇らしげな坂巻の口調が面映ゆい。

峯と呼ばれた男は、へえっという顔で会釈した。髪の毛も多く、ほっそりとスマートな体型をしているので、下手《へた》をすれば坂巻のほうが年上に見えるが、そんなはずはないだろう。同期が老け過ぎているだけだ。

「一交機の、所属はどこだい」

木乃美が所属を答えると、峯はおっ、という顔をした。

「もしかして、山羽のいるところじゃないか……山羽公二朗」

「うちの分隊の班長です」

「やっぱりそうか。あいつ元気でやってるか。さぞやバリバリ仕事こなしてるんだろうな」

「え、ええ……まあ」

——いいんだぜ。止めてみて、こいつは時間かかりそうだと思ったら、さっさと解放しちゃっても。

——学生時代のテストとかでもさ、難しい問題は飛ばして、易しい問題から先に解くとか、セオリーがあるじゃないか。上手いことやれよ。

——三ツ沢の小学校と団地の中間あたりにあるT字路。時間帯限定で右折禁止になってる場所だから、待ち伏せしてれば知らずに右折してくる違反者で入れ食いだぞ。

ああいうのも、「バリバリ」と言うのだろうか。

「一交機に知り合いがおるとですか」

坂巻が訊《き》いた。

「ああ。昔かわいがってた後輩だ。そうかあ、元気でやってるならいいんだ」

そうかそうかと、峯は懐かしそうに遠くを見た。

坂巻が自分の腕時計に目をやる。

「峯さん。時間がないです。こんなところで油売っとらんで、さっさと行きましょう」

「なに言ってんだ。油売ってたのはおまえさんだろう」

峯は不服そうに口を尖《とが》らせたが、本気で怒ってはいないようだ。どうやら坂巻は、先輩にかわいがられているらしい。どこへ行っても本当に要領の良い男だ。

「それじゃ、本部捜査一課の峯省三《しょうぞう》がよろしく言っていたと、山羽に伝えてくれ」

「わかりました」

「本田。こんどまた飲もうたい。連絡する」

「わかった」

早く早くと、坂巻が峯の背中を押している。

去っていく二人を見送りながら、木乃美の作り笑顔がぱらぱらと剝がれ落ちた。

4

原付バイクが右ウィンカーを点滅させながら右折してくる。

木乃美は右手を上げて警笛を鳴らし、原付バイクを路側帯に誘導した。

原付バイクは素直に指示に従い停止したが、木乃美と同年輩ぐらいのライダーは、なぜ止められたのか理解できないようだ。ヘルメットの顎紐《あごひも》を触りながら、きょとんとしている。

「すみませーん。ここはいま、右折できない時間なんですよ」

精一杯に愛想よくしながら、時間帯右折禁止の標識を指差した。

「えっ……そうなの」

「そうなんです。あそこに標識があるんですけど」

ライダーが先ほど右折してきたT字路を振り仰ぐ。

「へぇっ……ぜんぜん知らなかったよ」

ヘルメットの頭をぽんぽんと叩きながら、ぺろりと舌先を覗かせる。

だがその笑顔は、続く木乃美の一言で一変した。

「免許証。見せてもらってもいいですか」

「なんで？　まさか切符切るの。そんなことしないよね。どう考えてもおかしいでしょ」

「いちおう、交通違反なので……」

卑怯《ひきょう》なやり口だという自覚があるので、つい語尾も萎《しぼ》んでしまう。

「いやいやいやいや、ありえないでしょ。交通違反させないようにするのが、ケーサツの役目なんじゃないの。だったらさ、右折禁止ポイントの先で待ち受けてるんじゃなくて、手前で注意を促すのが筋でしょうよ」

「だけど、違反しちゃったものは……」

「だから、違反しちゃったんじゃなくて、違反させたんでしょう。点数稼ぎのために。なに言ってんだよ」

いちいち正論で返す言葉もない。耳だけじゃなく、胃も痛くなる。

山羽に薦められた漁場は、たしかに違反者が続出する絶好のポイントだった。だが違反者が続出するということはすなわち、時間帯右折禁止が周知されていないということで、だまし討ちを食らったという違反者の被害者意識も必然的に強くなる。

結局、免許証を提示させるだけで五分近くもかかった。

「ふざけんじゃねえぞ。このブス！」

その挙げ句、この捨て台詞だ。

この仕事、いつまで精神が持つのだろう。それとも、違反者の罵声にも慣れてくるのだろうか。それはそれで問題な気もするが。

そんなことを考えながら白バイに跨ろうとしたとき、目の前に缶コーヒーが現れた。正確には、缶コーヒーを持った誰かの手だった。誰かが、木乃美に缶コーヒーを差し出している。

顔を上げる。

眼鏡《めがね》をかけた、長身で細面の男がいた。

「やっぱりそうだ。本田さん……ですよね」

男は木乃美を見下ろしながら、にっこりと微笑《ほほえ》んだ。

「えっ……と」

誰だっけ、と考えた。男は白いシャツを腕まくりし、ジーンズを穿《は》いている。制服ではない、ということは、県警の同僚ではない。いや、そうとも限らない。非番や週休日かもしれない。

相手の親しげな態度からすると知り合いのはずだが、まったく思い出せない。下手な反応をして相手の心証を損ねたくもないし、もしかしたら仕事上、心証を損ねるわけにはいかない相手の場合もある。

考え過ぎて身動きが取れないでいると、男のほうから自己紹介してきた。

「青木《あおき》です」

「あお……き？　さん……」

名乗られても心当たりがない。余計に焦った。

青木は察したらしく、残念そうに眉尻を下げた。

「やっぱり覚えていないんですね」

「いや、そんなわけでは……えっ、と……ごめんなさい」

嘘《うそ》をついても意味がないので、謝った。

青木が恐縮した様子で手を振る。

「いえ。ぜんぜんかまわないんです。会ったのはほんの数分だったから、覚えていないだろうなとは思っていましたし」

ほんの数分？　首をかしげると、青木ははにかんでみせた。

「切符を切られたんです。一か月ほど前かな」

「そう、だったんですか……」

「ぜんぜん覚えてませんか？　僕、そのとき、ちょっとナンパめいたことを言ったんですが。本田さんに会いたいから、また違反しちゃうかもしれないなって。けっこう勇気を振り絞ったのに、あっさり流されちゃいましたけど」

まったく記憶にない。因果なもので、素直な違反者よりも、つらく当たってくる違反者のほうが記憶に残る。名前を知られている以上、木乃美が切符を切ったので間違いないだろうが、そんな台詞は記憶になかった。おそらく口説き文句を受け流したのではなく、十中八九、それと気づく余裕がなかっただけだろう。

「あの、これ」

あらためて缶コーヒーを差し出され、木乃美は両手を振った。

「いただけません」

「どうして。違反を見逃してもらおうというわけじゃない。もっとも今後、本田さんに捕まるようなことがあったら、少しはこのことを考慮してもらいたいけど」

「駄目です。勤務中ですので」

両手を押し出すような仕草で固辞すると、バイクのシートに缶コーヒーを置かれた。

「こんなこと、困ります」

缶を突き返そうとするが、青木は自分を抱くようにして避ける。

「それは落し物ということにしてください。僕が拾って、あなたに届けた。拾得物として処理するかどうかは、あなたにお任せします」

そうまで言われると、断り続けることもできない。

「ありがとうございます」

礼を言い、サイドボックスにしまうことにした。

「いますぐ飲まないいんですか」

「市民の目のあるところで飲んだら、仕事をサボっているように思われるかもしれないので」

「大変だなあ。警察も」

「あの……」

そろそろ仕事に戻ります、と言おうとしたのだが。

「あ、僕、家がこの近所なんです。家と言うか、一人暮らしのアパートなんですけど。コンビニに行く途中で、なんか見たことある顔がいるなと思って、よくよく見たら本田さんだったたっていう……ストーカーとかじゃないんで」

「いえ。その……」

あっ、と青木がなにかを察した顔になる。

「この時間にこんなラフな格好でぶらついてるけど、無職ではないです。大学院生です。年は二十七歳です」

どうもピントがずれている。

「そうじゃなくて、私が言いたいのは……」

「なんですか、本田さん。なにが言いたいんですか」

覗き込んでくる青木は、なにかを期待する顔をしていた。

木乃美は申し訳ない気持ちになって、うつむいた。

「き……勤務中なので……」

「あっ……ごめんなさい。大変失礼しました。あの、これ以上、お仕事の邪魔をするわけにもいかないから、よかったらお休みの日に、一度お食事でもいかがですか」

「困ります」

「またここで、取り締まりなさるんですか。会いに来てもいいですか」

「それは、ちょっと……」

そのとき右折してきた軽自動車が、目の前を通過していった。

「すみません。失礼します」

お辞儀で一方的に話を打ち切った。

シートを跨いで発進しようとするが、クラッチレバーを戻し過ぎていたらしく、エンストしてしまう。顔が火を噴きそうなほど熱くなった。何度か試みて、ようやく走り出したころには、すでに違反車両は視界から消えていた。

元の場所に引き返そうかと迷ったが、バックミラーで後方を確認すると、青木はまだその場に立ち尽くしたままだ。

戻るに戻れず、木乃美は無意味にスロットルを開いた。

5

二時間半の警らを終え、分駐所に戻った。

違反者に罵られながらも、三枚の青切符を切ることができた。午後の二時間半警らを残しながら、この数字は立派なものだ。まだまだノルマにはほど遠いが、少しは挽回《ばんかい》できた。

バイクをガレージに入れ、スタンドを立てる。書類を取り出そうとサイドボックスを開けたとき、青木からもらった缶コーヒーを見つけた。

——またここで、取り締まりなさるんですか。会いに来てもいいですか。

二十七歳。坂巻と同い年か。

世間一般の二十七歳ってあんなに若いんだと、当たり前のことを再認識する。見た目が若いだけでなく、容姿も清潔感があるし、大学院生と聞いたせいだろうか、涼しげな目もとに知性が漂っていたような気がする。木乃美の人生で、あまり接点を持ったことのないタイプだ。

異性に言い寄られるなんて、考えてみれば久しぶりのことだ。私も捨てたもんじゃないんだなと、表情が緩んでしまう。

だが別れ際にエンストするという失態を思い出し、顔が火照った。

ガレージを出て、事務所の引き戸を開けた。

自分のデスクについていた山羽、元口、梶がいっせいにこちらを向く。彼らの硬い表情で、異変を察知した。

奥のほうに、直立する潤の後ろ姿が見えた。

その潤と向き合っているのは、分隊長の吉村だった。いつもの温和そうなたたずまいはどこへやら、眉を吊り上げて怒りを顕《あら》わにしている。

「いったいなにを考えているんだ、おまえは！」

びくっと両肩を跳ね上げたのは、木乃美だけだった。

当の潤は微動だにしない。

「私は間違ったことなんて、してません」

身体の横に下ろした二つのこぶしを、ぎゅっと握り締めるのが見えた。

「正しいとか間違っているとかの問題じゃない。違反ドライバーを深追いした結果、事故を誘発する可能性は、考慮しなかったのかと言っているんだ！」

吉村がなんのことを言っているのか、わかった。

一時間ほど前、交通系無線に潤の声が流れた。信号無視をした二人乗りの原付バイクを追跡中だったらしく、本部に応援を要請する内容だった。それに応じる本部の「安全に最大の留意をし、深追いは避けること」という指示も聞いた。どうやら潤は、本部の指示を無視して逃走車両を追い続けたらしい。

「結果的に捕まえました」

「結果さえよければ許されると思ってるのか！　げんに住宅街の狭い道を暴走する白バイに轢かれそうになったという、市民からの苦情が届いてるんだ！」

そういうことか。あの後、無線の交信はなかったから、吉村はおろか、ほかの隊員たちにも追跡の様子はわからない。誰かが警察に苦情を入れたらしい。

「私が事故を起こすなんて、ありえません」

「慢心するな！　おまえは逃走車両の追跡を、腕試しの機会だとでも思っているのか！」

「そのために日々、訓練しているんじゃないですか」

「なにを！」

吉村が怒りに全身を震わせる。

「私は違反者を捕まえるために白バイ乗りになったんです。違反を見逃すつもりも、違反者を取り逃がすつもりもありません。誰が違反しようと、違反は平等に違反です」

失礼しますと頭を下げて、事務所を出て行く。

「おい、川崎！　話はまだ終わってないぞ！」

扉を乱暴に開け閉めする音が響き渡る。

吉村は腹立たしげに床を蹴った。

「なんなんだ、あいつは！」

「まあ、結果的に事故も起こさずに、逃走犯を検挙できたんですから」

梶の精一杯のフォローに、元口も加わる。

「逃げた原チャリに乗ってたのは二人とも未成年で、しかも無免だったっていうし、そういう連中を放っておいたら、のちのち罪のない市民を巻き込む大事故を起こした可能性だってあるわけで、川崎はその可能性を摘み取ったと解釈できなくもないかと……」

「それこそ結果論だろう！」

吉村に一蹴され、二人は小さくなった。

「仕事熱心なのはいいことだ。若いんだからあれぐらい鼻っぱしらが強いのも、悪くない。だが、あんまり杓子定規《しゃくしじょうぎ》にルールにこだわり過ぎるってのは、危険だ。しかもあいつは、自分の腕を過信している。デカい事故を起こしてからじゃ遅いんだ。おれたちは人の命を守るために仕事しているんであって、職務のために人の命を危険に晒《さら》しちゃならない。そんなのは本末転倒だ。なあ、山羽」

鼻毛を抜いていた山羽が、びくっと肩を震わせた。

「たしかに、ちょっと危なっかしい感じはしますねえ……」

のんびりとした口調で言いながら、木乃美のほうを向いた。

「本田と足して二で割れば、ちょうどいいんだけどな」

「ホント、そうだぜ」

「たしかに」

元口と梶が笑い、つられて吉村も笑って、いつもの分駐所の空気に戻った。

「あ、缶コーヒー。もしかしておれに？」

木乃美の持っている缶コーヒーに気づいた元口が、自分を指差す。

「そこで自分にと思える図太さがうらやましいわ」

梶が元口に横目を向けた。

「マジすか。少し分けてあげましょうか、図太さ」

「いや、いらない」

「なんで」

じゃれ合う二人越しに、山羽が言う。

「おまえ、なに自分のコーヒーだけ買ってきてんだよ。気が利かないな」

「いや。これは……買ってきたわけじゃなくて、いただきものです」

ぴたりと動きを止めた元口の眼に、下世話な好奇の色が走る。

「いただきもの？」

「どこの誰からいただいたんだよ」

なぜか山羽も加わってきた。

「缶コーヒー……チョイスが近所のおばちゃんとかでは、ないよな」

「おばちゃんならお茶とかだろうな。缶コーヒー差し入れるのは、間違いなく男だ」

とたんに共闘し始めるチームワークの良さにドン引きだ。

「市民からです。お断りしたんですが、しつこくて……」

話の途中から、山羽は大きくかぶりを振っていた。

「収賄についての弁明なんていいんだ。おれたちは、そういうこと聞きたいんじゃない」

「しゅ……収賄だなんて、そんな大げさな」

元口が訳知り顔で頷く。

「わかってるわかってる。おれらも鬼じゃない。本田が市民から賄賂を受け取ったと内部告発だってできるが、そんなことはしない」

「そうそう。おまえさんが正直に話すなら、という条件つきだが」

「な……なんでもないですよ」

「いまはな」

「あくまで、いまのところは」

「なんでもないなら、話せるよな」

「そうだな」

いやらしい二つの笑顔が迫ってきて、思わず後ずさる。

助けを求めようと吉村たちのほうを見ると、吉村と梶も、同じ表情をしていた。

6

坂巻は腹を抱え、長いこと笑い転げていた。もともと笑い上戸な性格が、アルコールで助長されているようだ。

「いい加減にしてよ。そこまで笑うほどの話じゃないでしょう」

木乃美は膨らませた頬に餃子《ギョーザ》を詰め込む。ビールを飲もうとして、ジョッキが空になっているのに気づいた。店員を呼ぼうと手を上げるが、いったん目が合ったにもかかわらず、素通りされてしまった。それを見た坂巻がまた笑った。

ＪＲ桜木町駅と京急《けいきゅう》本線の日ノ出町《ひのでちょう》駅のちょうど中間あたりにある中華料理店だった。坂巻と食事するときには、定番となっている店だ。初めて訪れたときには、小汚い店構えに入店を躊躇《ちゅうちょ》したが、さすがに坂巻のお薦めだけあって、味は絶品だった。地元の人間にも愛されているらしく、狭い店内はいつ来ても賑《にぎ》わっている。

ひとしきり笑ってようやく落ち着いたらしい。坂巻が目の端に浮いた涙を拭う。

「いや、悪い悪い。しかしおまえんとこの先輩、おもしろかなあ。缶コーヒーの一本でそんな大騒ぎするかね。中坊か」

「似たようなものだよ」

収賄などと、具体的な罪名を持ち出す知恵をつけたぶん、中学生よりたちが悪いかもしれない。

「だけどまあ、おまえも役に立ったたってことやろう。その川崎って隊員のせいで漂った険悪ムードを、おまえが振り払ったたってことやろうけんな」

「川崎さんのせいってわけじゃ……」

「違うとか。話を聞く限りやと、そう受け取れるけど」

「彼女だって、一生懸命やってると思うんだ」

「おまえも中坊みたいな青臭いこと言うとるな。大人が組織の一員としてやっていく上でもっとも大切なのは、妥協と諦めたい。いくら一生懸命だって、そしていくら仕事ができたって、それがわからんやつは、いずれ組織の足を引っ張って、不利益をもたらすことになる」

「そうかな」

「そうだよ。おれら強行犯係の扱う凶悪犯罪でもそうやけど、交機なんてもっと顕著やろ。交通違反なんて、毎日、日本中で何千件何万件と発生しとる。だけど罰せられるのは、たまたま警察が把握した数パーセントのみたい。そりゃ理不尽だよな。捕まったやつだって、ほかにも違反しとるやつはいっぱいいるのに、なんで自分だけと、文句を言いたくもなるやろう。だけど個人がいくら頑張ったところで、いや、組織を挙げて努力したところで、その理不尽は解消できん。だけん、おれら警察はその理不尽を抱えながら、仕事しないといけんのさ」

「なんだか、わかったようなわからないような……」

「完璧主義には功罪が付きまとうってことたい。その川崎ってやつも、仕事なんてほどほどにして、男でも作ればいいんだよ」

「それめっちゃセクハラじゃない。いるかもしれないじゃん、川崎さんにだって、彼氏」

「いるわけがない。そんな、本部の指示を無視して、無免のガキ追っかけまくってるような女に」

坂巻が力説する。木乃美の話でしか潤を知らないはずだが、頭の中でどんな人物像を作り上げているのだろうか。

「川崎さん、けっこうかわいいんだよ」

「女のかわいいなんて、あてにならん」

坂巻は聞く耳を持たない。

ようやく店員がやってきたので、ビールのお代わりを頼んだ。

「部長は？」

ドリンクの追加はないかと訊《たず》ねたつもりだったが、「チャーメン一つ」と人差し指を立てる。

「あきれた。よくそんなに食べるね」

「唯一の楽しみだけんな」

坂巻が腹を叩くと、これぞ太鼓腹、という感じの良い音が鳴った。

「警察学校のころから、二〇キロ太った」

「嘘！　そんなに？」

「見えんか」

「見えないっていうか、もともと太ってたイメージだから、二〇キロ増えたって言われてもよくわからない」

「おまえだって、そんな人のこと言えた義理じゃなかやろう」

「私はデブじゃなくてぽっちゃりだもん」

「女の自己申告するぽっちゃりも、あてにならん」

やれやれと洋画の登場人物のように、肩をすくめられた。

「私じゃなくて分隊長が言ったんだよ。女はぽっちゃりぐらいが一番かわいいって」

「年食うと、若い女はぜんぶ同じに見えてくるって言うしな」

坂巻が嬉《うれ》しそうに肩を揺する。

「話を戻すけど、それでおまえ、どうするつもりや」

「どう……って？　なにが」

「缶コーヒーくんたい」

「そういう言い方しないでよ……って言うか、連絡先とかも知らないし」

ふと、眼鏡をかけた知性的な顔を思い出した。しっかり覚えている。なぜ初対面のときには、忘れてしまったのだろう。

「前におまえが切符切った相手なんやろう。ってことは、青切符の控えを探せば、住所ぐらいわかるってことじゃないか」

「最悪。それストーカーじゃない」

「たしかに、市民の個人情報を悪用してストーカー働く馬鹿の話はよく聞くけど、あれって相手が嫌がっとるから犯罪になるんやろうが。今回の場合やと、おまえは歓迎される――」

「嫌だってば。なんでそう先走るかな。ただ缶コーヒーを差し入れてくれただけじゃない」

「おまえのこと心配して言うとるんやないか。前の男と別れてからどれぐらいになるっけ？　あのバーテンの男……女友達に連れてかれたバーで働いてたバーテンの押しに負けて付き合ったはいいものの、そいつが女友達のほうにも手を出してたとかいう……」

なのに最後は、木乃美のほうが謝って別れた。対立は昔から苦手なのだ。

「おまえの仕事が忙しくて、おれのことほったらかすから浮気するんだとかいう謎理論をぶつけられて、それでも謝ったんだよな」

堪《こら》えきれないという感じに、坂巻が噴き出した。

ぜったい心配してるんじゃなくて、楽しんでいる。

その容姿や訛りが警戒心を解くらしく、坂巻は他人に打ち明け話をさせる能力に秀でている。木乃美にとっても、性別を超越した相談相手という感じだ。刑事としては天分とも言える才能のはずだが、本人としては、異性の友人ばかりが増えていっこうに恋人ができないのは不満らしい。

「後になってみればおかしいなって思うけど、そのときはなんか雰囲気に飲まれて、正しいことのような気がするんだもん」

「だから言うたやろう。バンドマン、美容師、バーテンダーの３Ｂは付き合っちゃ駄目やって。おまえにはレベルが高すぎる。おまえにお似合いのＢはバイクやな。バイクのＢ」

自分で言ったことがツボに嵌《は》まったらしく、坂巻はまた笑った。

「古傷えぐるのやめてよ。ってか、部長はどうなの。最近」

「最近なあ……合コンとかにもぼちぼち参加しとるけど、まあ……微妙だな。良い感じの女の子がいても、どうしてもユキナちゃんと比べてしまうけんな」

「ユキナちゃんって誰よ」

内心焦った。木乃美の知る限り、ここ数年、坂巻に恋人がいたことなどないはずだが。

「ユキナちゃんはユキナちゃんたい」

「だから誰よそれ」

「曙町《あけぼのちょう》のユキナちゃん。おれの心の恋人」

ずっこけた。曙町は横浜最大の風俗街だ。

「おれはいいんだよ。おれは合コンだって行くし、曙町のユキナちゃんにだって会いに行くし。けど、おまえは違うやろう。この前の週休、一日なにしてたって言うたっけ」

「まとめサイト見てた」

坂巻がひきつけを起こしそうな勢いで爆笑する。

「笑い過ぎ」

馬鹿にするけれど、まとめサイトを一度見始めると、けっこう時間が経《た》つのを忘れてしまうのに。

最初は、女性アイドルと若手俳優の2ショットプリクラがインターネットに流出し、女性アイドルがグループを脱退するまでの経緯をまとめたページを見ていた。

だがそのページに、『彼氏の二股に気づいた結果』という、気になるタイトルのリンクを発見した。覗いてみると、スレッド主の女性が、職場の同僚でもある恋人の浮気に気づかないふりをしつつ、着々と証拠を集める様子を報告していた。スレッド主は最終的に恋人を辞職にまで追い込むのだが、そのしたたかさには恐怖を覚えると同時に、憧憬の念を抱かされた。とても自分には無理だ。

その後も気になったリンクを踏み続け、気づけば窓の外が暗くなっていた。

「だってさ、そんな二十三歳女子っておるか?」

「ここにいるんだけど」

「おまえ以外にだよ……まとめサイト見て休み一日潰す女とか、不毛すぎやろ。おまえが不毛やって嘆いとる交通違反者との押し問答なんかより、よっぽど不毛……あー腹痛てぇ」

腹を押さえて苦しそうだ。

あまりに笑われて不愉快だったので、話題を変えた。

「そういえばこの前、湊署に来てたじゃない。連続強盗事件の捜査とかで」

「ああ。あれか。過去に日ノ出町で発生した強盗未遂事件が、いま捜査している連続強盗事件と同一犯の可能性があったから調べてみたんやけど、どうやら関係なさそうやな。手口が違う」

日ノ出町は湊署の管内だ。

「どう違うの」

「なんでおまえに、捜査上の秘密を漏らさなきゃいけんとや」

「差《さ》し支《つか》えない範囲でいいから」

坂巻は腕組みをして考えていたが、やがて「まあ、ぶっちゃけ、たいした秘密もないしな」と頷いた。

「連続強盗事件のほうは、目出し帽やフルフェイスで完全に顔を隠し、拳銃のようなものを突きつけて、マニ、マニ、と言うて金を要求する。金を奪ったら店主の頭に黒いポリ袋をかぶせ、手足を結束バンドで拘束して、近くに停めていた車両で逃走……すべて同じ手口だ。いっぽうの日ノ出町の強盗未遂事件は、個人経営の商店を狙った点だけは同じでも、店主に抵抗されて犯人があえなく退散しとる。脚の悪い店主がレジカウンター内に防犯用として常備しとった金属バットを振りまわしたところ、金属バットが犯人の鼻をかすめたらしく、そのまま逃走したという情けない話だ。日ノ出町は単身で犯行に臨んどるという点も、ほかとは違う。とにかく、ほかの八件と比べて、手口がまったく洗練されとらん。たぶん無関係たい」

「あれ。この前会ったときには、七件って言ってなかった?」

「新しく一件やられたっさ、相模原《さがみはら》の衣料品店でな」

坂巻が悔しそうに顔を歪《ゆが》め、自らを戒めるように頭をぽんぽんと叩く。

「相模原？　また遠いね」

「川崎《かわさき》が二件、あとは横浜三件、藤沢《ふじさわ》、海老名《えびな》、そしてもっとも新しい相模原と、事件現場が県内全域にばらけとるせいで、まったく犯人像が絞り込めん」

「それぞれがまったく関連のない、別の事件なんじゃないの」

「そうとも言い切れんのよな。というか、あれだけお手並み鮮やかな強盗グループが、複数いて欲しくないっていう願望もあるが。なにせ、どれも犯行時間は三分以内に収まっとる。電光石火の早業だ。そのせいで、通報を受けた警察が緊急配備を敷くころにはドロン……って寸法たい」

「ドロン」の忍者ポーズから漂う昭和感は、もともとの親父《おやじ》臭さゆえか、それともペアを組むベテラン刑事の影響か。

「逃走には、車を使っているんでしょう？　目撃者はいないの」

「犯行時間三分だけんな。三分間どこかに停車しているぐらいじゃ、誰も不審車両とは思わんし、記憶にも残らん。おまけにかなり周到な下調べをしているらしく、防犯ビデオにも捉えられていないし、検問を敷いても、まったく網にかからんときたもんだ」

「そうなんだ。残念ながら、私じゃ力になれなそうだね」

「そんなの最初から期待しとらんっち。だいたい、事件の話をしてくれってせがんだの、おまえのほうやしな。事件解決のヒントをくれなんて、頼んですらおらん」

「そんな言い方しなくてもいいじゃない」

「凶悪犯罪捜査のプロが何十人がかりで血眼になっている事件を、ちょっと話を聞いただけのおまえが解決するようじゃ、おれたち全員、給料返上ものやっちゅうこったい」

　それもそうか。

　坂巻のもとにチャーメンが運ばれてきた。タンメンセットと餃子を平らげた後とは思えない勢いでかき込み始める。

　旺盛すぎる食欲に呆気《あっけ》にとられていると、坂巻が箸を止め、こちらを見上げた。

「ほうひえは」

「なに言ってるの。食べ物頬張ったまま喋らないで」

　坂巻はしばらく口をもぐもぐとさせ、咀嚼《そしゃく》が面倒くさくなったようにビールをがぶ飲みしてから、「そう言えば」と言い直した。

「おまえんとこの山羽さん、元刑事やったんやって？」

「班長が？」

初耳だった。白バイ隊員は、なんとなく最初から白バイ乗務を希望しているイメージだったので、そんなことは考えたこともなかった。

「この前、湊署の前で会った峯さん、山羽さんによろしく伝えてくれとか言うとったやろうが」

「うん。言ってた」

ただし山羽にはまだ伝えていない。

「なんで峯さんが交機に知り合いがいるのかと思って、後で訊いたったい。あの人、ずっと刑事畑だったたって話だけんさ。そうしたら、そういうふうに」

「うちの班長が、刑事だったたって？」

坂巻は頷いた。

「なんでも新川崎署の刑事課の強行犯係で、先輩後輩の間柄やったらしい。おれほどじゃないが、優秀な刑事だったみたいやな」

「そうなの……」

違反者を言いくるめる話術などを目の当たりにすると、頭の回転は速い人なのだろうと思うが、刑事として凶悪犯罪捜査の最前線に立つ姿は想像しにくい。

「強行犯係から白バイってのも、かなりの変わり種やな。人に歴史ありだ」

そう言うと、坂巻は残りのチャーメンを飲むように食べた。

7

「ああ、そうだ。おれは刑事だった。驚いたか」

あまりにあっさり、しかも自慢げに認められ、拍子抜けした。なんらかの深い事情が隠されているのかもしれないと考え、それなりに覚悟を決めて訊いたのだ。

「お、驚きました」

「たいしたことじゃない。若いときの一時期の話だし、いまじゃ交機のほうが断然長いからな」

「だけど、刑事にまでなったということは、最初から白バイ隊を希望していたわけでは、ないんですよね」

刑事も白バイ隊員も、基本的には希望した職員から選抜される。所轄の刑事課に所属していたということは、その時点での目標は、県警本部の捜査一課だったはずだ。

当直勤務の深夜警ら中だった。二人の乗った覆面パトカーは、横須賀街道を南に走っている。

木乃美が運転席でハンドルを握り、山羽が助手席で欠伸をする。ヘッドライトが数十メートル先までのアスファルトを、ぼんやりと浮かび上がらせていた。見る限り前後に車両はなく、対向車もときおり走ってくる程度だ。

山羽は頭の後ろで手を重ねた。

「最初から白バイ隊希望じゃあ、なかったな。だって二輪免許も持ってなかったし」

「えっ！」

ハンドル操作を誤りそうになった。

びくっと身体を震わせた山羽が、シートから背中を剝がす。

「おいおい。事故るなよ。目ぇ覚めちゃったじゃないか」

「すみません」

「おまえ、いっつもすぐ謝るよな」

「すみま……」

あ、と口を手でふさぐと、山羽が噴き出した。

「ホント、川崎とおまえを足して二で割ったら、ちょうどいいぐらいになるのに」

「川崎さん、あれから大丈夫なんでしょうか」

潤はもともと口数が多くない上、感情をあまり表に出さないので、なにを考えているのかわかりにくい。端から見ているぶんには、分隊長に怒鳴られたことなどなかったかのように、淡々と仕事しているように見えるが。

「大丈夫なんじゃないの。ぜんぜんへこんだ様子もないし……ま、そこが危なっかしいところでもあるんだけどな」

「そう……ですか」

「うん。あいつ勝負しちゃってんだよな、いろんなものと」

山羽の発言の真意が摑めず、木乃美は黙り込んだ。

やがて横浜市磯子《いそご》区、ＪＲ根岸《ねぎし》線磯子駅近くの交差点に着いた。山羽いわく、速度違反や信号無視、酒気帯び運転が多い漁場らしい。路側帯に寄せ、ハザードを焚いて停車する。

「あとは、果報は寝て待て、だ。本当に寝たら朝になるだけだがな」

しょうもない冗談を言って、山羽がダッシュボードに腕を載せる。

「私、起きてますから、寝ててかまいませんよ」

「馬鹿言うな。おまえ一人残して寝るわけにはいかない」

少しきゅんとなったのも束《つか》の間《ま》、「おまえに襲われるかもしれないからな」と、本当にしょうもない冗談を言われてげんなりする。

日付が変わるころから、めっきり交通量が少なくなった。なるほど、ドライバーが自覚なく速度違反を犯しそうな環境だ。

サイレンが遠くに聞こえる。

あ、救急車だと、木乃美は思った。

次第に小さくなるサイレン音は、ほとんど聞き取れないぐらいの音量になったところで、いつまでもしぶとく残っている。

「あの、班長」

「なんだ」

「班長はどうして、白バイ隊員になろうと思ったんですか」

返事があるまで、少し時間がかかった。

「どうしてそんなことを訊く」

「すみません。立ち入ったことを――」

「謝るな。叱ったわけじゃない。純粋な興味だ。どうしてそんなことを訊くのか、知りたい」

「どうして……って、私自身がこの仕事に向いているかどうか、最近、わからなくなっているからだと思います。だから、参考までに、班長の話を聞きたいと思って」

「おまえまだ、交機に来てから三か月だろ。たったそれだけで、自分の向き不向きがわかるものなのか」

「そうですけど、正直、ちょっと、思ってたのと違うなと感じることが多くて」

「どんなところが」

「違反者を説得するのに、話術が必要なところとか……私そういうの、あまり得意じゃないし、というか、苦手だし。白バイ隊はただバイクを上手く操れればいいいんだろうと、甘いかもしれないけど、そんなふうに考えていた部分があって——」

「肝心のバイクも、上手く操れてないけどな」

そうだけど。木乃美は小さくなって口を噤《つぐ》んだ。

山羽は眠そうな目で前方の交差点を見つめる。

「……適当にやれ。勝負すんな。勝負するから、勝ち負けがつくんだ」

「それ、どういう意味ですか」

さっきも言っていた。潤はいろんなものと勝負していると。

山羽は答えずに目を閉じた。そのまま眠ってしまったかに思えたが、おもむろに口を開く。

「おれが白バイ乗りを目指したのはな、モテたかったからだ」

「はあ?」

「モテたかったからだよ。おまえ、全国白バイ安全運転競技大会、観《み》に行ったことあるか」

「毎年、ひたちなか市で開催されていますよね」

全国白バイ安全運転競技大会は、茨城県ひたちなか市の自動車安全運転センター安全運転中央研修所で年に一度、開催されている。

「お。観に行ったことがあるのか」

「いえ。現地に行ったことはありません。バイク雑誌についている付録のＤＶＤで見たりはしますけど」

交通安全教室やイベントなどでのデモンストレーション走行でも、白バイ隊員の並外れた運転技術を垣間見ることはできる。だが白バイ隊員の「本気」を見ることができる機会はなかなかない。

バランス走行操縦競技、トライアル走行操縦競技、不整地走行操縦競技、傾斜走行操縦競技の四種目、二日に分けて開催される全国白バイ安全運転競技大会では、各都道府県警と皇宮警察から、選りすぐりの白バイ隊員たちが一堂に会し、全国三千人の白バイ隊員の頂点を目指してしのぎを削る。選手たちは各々の組織を背負い、その面子《メンツ》をかけて火花を散らすのだ。

DVDで観た選手たちのライディングはどれも、コース上に見えないレールが敷かれているかのように滑らかだった。その技術がいかに卓越しているのか、自らが白バイ隊員となってみてあらためて痛感する。

だが木乃美がもっとも好きなのは、競技に臨む選手たちが車庫から競技場へと移動する、集団走行の模様を正面から捉えたシーンだ。二車線の道路を一車線三台ずつ、六列縦隊になった百台以上の白バイが走行するところなど、日常生活ではまずお目にかかれない。大量の排気ガスで発生した陽炎《かげろう》が選手たちの燃える闘志を表しているようで、いつかあの中に自分も交じってみたいと思うし、夢の中では、それはすでに何度か実現している。

「それじゃあ駄目だな。現地に行かないと」

「やっぱりそういうものですか」

「当たり前だろう」

生で見ると迫力が違うと言いたいのだろう。

そう思っていたが、微妙に雲行きが変わってくる。

「すごいんだよ、ギャラリーの数が」

「それはそうでしょうね」

「関係者以外にも、意外と若いお姉ちゃんも交じっててさ、衝撃を受けたんだ。刑《デ》事時代《カ》に観客として観に行って、これだと思ったね。少なくとも、刑事はあんなふうに若いお姉ちゃんからキャーキャー声援送られることはない。だから、白バイを目指した」

なにを言っているんだ、この人は。

「そんな不純な動機で?」

「おまえの動機は純粋なの」

がつんと後頭部を殴られたような衝撃だった。

白バイの仕事を勝手に理想化して勝手に幻滅していたのは、むしろ自分のほうかもしれない。

そのとき、目の前の交差点を、原付バイクが横切った。

明らかな信号無視だ。

「ほい、追尾開始」

山羽に肩を叩かれ、木乃美はギアをパーキングからドライブに入れた。アクセルを踏み込む。

山羽が窓から腕を出し、マグネット式の赤色回転灯を屋根に載せる。

サイレンが唸り始めた。

「緊急車両、右折します」

山羽がハンドマイクで警告する。

覆面パトカーは交差点に進入し、右折した。

遥《はる》か前方にテールランプが見える。

道は真《ま》っ直《す》ぐ。対向車も、障害物もない。

木乃美はアクセルを強く踏み込んだ。視界が猛スピードで流れ始める。見る間にテールランプが近づいてくる。

「そこの原付、止まれー。信号無視だぞー」

その時点では、山羽の呼びかけも、どこか緊張感を欠いていた。

ところが。

背中に龍の刺繍《ししゅう》が入ったスカジャンを着て、両脚をがに股に広げて原付に乗っていたライダーは、ちらりとこちらを振り向く素振りを見せた。顎のラインが、まだあどけない少年っぽさを残している。

原付バイクは止まらなかった。

むしろ速度を上げて、覆面パトカーを引き離そうとする。

「おいおい、マジかよ」

「どうしますか」

「ケツにくっついていくしかない」

やがて原付バイクは、左折で細い道へと進入した。不意打ちの左折だったので、覆面パトカーは曲がりそびれてしまう。進入路を少し過ぎたところで停止した。

「畜生。まずいな」

山羽がじれったそうに、原付バイクの消えた方角を覗き込む。

木乃美はギアをバックに入れ、アクセルを踏んだ。左折可能なところまで後退し、ギアを入れ直して左折した。原付バイクの後を追う。

小回りでは負けても、エンジンのパワーの差は歴然だ。すぐにまた追いついた。

「おいこら、事故するぞ。危ないから止まれ！」

山羽の声に苛立《いらだ》ちが滲み始める。

だが原付バイクは応じない。

ふたたび不意打ちの左折。だが今度は騙《だま》されないでついていく。

続いて右折……と見せかけて直進するフェイント。

なんとか振り切られないように集中したが、追跡の裏をかこうとする原付バイクの危なっかしい運転に、こちらがひやりとなる。

山羽も同じように感じていたらしい。

「もういい。本田。追尾は中止だ」

「いいんですか」

「ああ。このまま追いかけたら事故るぞ、あのガキ」

木乃美がブレーキを踏むと、原付バイクのテールランプはあっという間に遠ざかった。

二人はしばらく無言のまま、高笑いのようなエンジン音の残響を聞いていた。

山羽が天を仰ぐ。

「うわー、やられたな。取り逃がしたかあっ」

木乃美がハンドルから剝がした手の平は、びっしょりと湿っている。汗で背中も冷たかった。

「しょうがない。最善は尽くした」

自らに言い聞かせるような口調だったが、やはり悔しいらしい。がっくりと首を折り、目もとを手で覆う。

「せめてナンバーさえわかっていれば、後日とっ捕まえることだってできたのになあ」

原付バイクのナンバーは折り曲げられ、読み取れないようになっていた。

「あの、班長……手がかりになるかはわからないんですけど」

「なんだ。言うだけ言ってみろ」

まだダメージが残っているかのように、投げやりに促された。

「さっきの違反者のヘルメットの側面に、ステッカーが貼ってあったの、見えましたか」

山羽が虚空を見上げ、記憶を辿《たど》る顔になる。

「ああ……横長のステッカーっぽいのが貼ってあったっけな。それがどうした」

「あれに書かれていた文字なんですが――」

「ちょっと待て」手を上げて遮られた。

「もしかしておまえ、この暗い中、あのヘルメットに貼ってあったステッカーの文字を、読み取ったとか言わないよな」

「読み取りました……」

「あんな小さなステッカーを？」

「ええ」

「本当か？　本当なのか」

あまりに疑われると自信がなくなってくるが、自分でははっきり見えたつもりだった。ライダーがこちらを振り返ったときに、ヘルメット側面のステッカーに描かれていたロゴが。

山羽は信じられない様子だったが、ひとまず話だけは聞いてみることにしたらしい。顎をしゃくって続きを促してきた。

「いちおう聞いとくか。なんて書いてあったんだ」

「横浜……その次はキョウソウって読むんでしょうか、狂うという字に、走るという字、そして連合、です」

腕組みをしたまま、じっとフロントガラスの向こうを見据えていた山羽が、ゆっくりとこちらを向いた。なぜか眉間に皺を寄せている。

「本当にそう書いてあったのか。横浜狂走連合って。間違いないんだろうな」

木乃美は頷く。

「はい。間違いありません」

「マジか……どういうことなんだ」

山羽が頭を抱えた。

「どうしたんですか。横浜狂走連合って」

心当たりがあるのだろうか。

「横浜界隈《かいわい》を拠点にしていた暴走族の名前だ。ただし、七年前に解散している。一交機が——おれたちが、解散させたんだ」

それなのになんでと、山羽は顔を歪めながら髪の毛をくしゃくしゃにした。

8

事務所に戻り、先ほどの出来事を話すと、元口が顔色を変えた。

「横浜狂走連合だって？」

「知ってるのか」

梶はぴんと来ていないらしい。

「知ってるもなにも、横浜界隈のおれら世代で、ちょっとやんちゃしてたやつなら、知らないほうがおかしいぐらいですよ」

そういえば元口は、地元横浜市の出身だった。

「おまえの存在が迷惑なのは、いまに始まったことじゃないんだな」

珍しく梶に絡もうともせず、元口は興奮気味に横浜狂走連合の説明をした。

「喧嘩《けんか》上等の武闘派集団で、ヤクザ相手にも一歩も退《ひ》かなかったって話です。当時の横浜界隈にはもっと構成人数の多い暴走族がいくつも存在したんですが、ほとんどが狂走連に潰されるか、傘下に組み入れられるかしたんです。とにかくヤバいオーラまとってる連中で、街で見かけたら、おれらなんかはそこらへんの路地に逃げ込んでやり過ごしてましたね。ちょっと粋がってるようなの見つけると、すぐに喧嘩ふっかけてボコボコにしてたみたいだから」

深夜の分駐所には、分隊長を除くA分隊の面々が顔を揃《そろ》えている。

「元口。おまえ、もしかして暴走族《ゾク》だったのか」

デスクに頬杖《ほおづえ》をついた山羽が、苦笑している。

「違います。単車は好きでしたけど、警察に入るつもりだったから馬鹿はやらないって決めてたし、ちょっと悪ぶってみたいだけの小僧でした。それだけに、モノホンの悪を見るとブルッちゃって」

「別にモノホンの悪ってわけじゃない。一人ひとりと話してみれば、けっこう純粋で物わかりのいいガキだったけどな。ちょっとばかり、道を踏み外しただけさ」

「そうか。班長って、狂走連が活動しているときには、もう白バイ乗ってたんですよね」

元口の山羽を見る目に尊敬が宿る。

「そのときは、おれも白バイ乗りたての小僧だったけど」

たいしたことないという感じに、山羽が眉を上下させた。

「幹部連中を説得して、解散式やって、解散届も提出させた。横浜狂走連合は、綺《き》麗《れい》さっぱりなくなったはずだった」

「水面下で、復活の動きがあるということでしょうか」

梶の声は、やや緊張を帯び始めていた。伝説の暴走族が復活でもしようものなら、対決するのは自分たちだ。

「たんに、元狂走連の兄弟のいるガキが、兄貴の昔使っていたヘルメットをもらったか、借りたりしただけ、という可能性もありますよね」

元口の口調には、多分に願望が含まれているようだった。

どう思う、と訊ねるような山羽の視線に、木乃美はかぶりを振った。

「ヘルメットもステッカーも、比較的新しいもののように見えました。少なくとも、七年も経っているようには……」

「おれも同感だ。ステッカーまではさすがに確認できなかったが、メットはたしかに、わりと新品みたいだった」

「しかし本田。すごいよな。深夜の緊急走行中に、よくそこまで確認できたもんだ」

元口が珍しいものを見るような目をする。

「たしかに。もしも暴走族復活を未然に防ぐようなことができれば、本田のファインプレーということになるな」

梶も感心した様子で腕組みをした。

「田舎者《いなかもの》なので、視力だけはいいんです」

珍しく賞賛され、木乃美はもじもじと恐縮する。

「梶さんも実は目ぇ良いんすよね」

「いや。おれ、そんなこと言ったことないだろ。普通だし」

「アダルトビデオのモザイクを透視できるとか言ってたじゃないですか」

「超ウザいな。おまえ馬鹿だろ。そんなん言ったことないし」

いつものように梶と元口のじゃれ合いが始まる。

「川崎。おまえはどう思う」

デスクで書類仕事をして会話に参加していなかった潤に、山羽が話を振った。

顔を上げた潤は、まったく関心がなさそうだった。

「なにがですか」

「話は聞いていただろう。横浜狂走連合復活の動きがあるかもしれない」

「私の仕事は変わりません。違反者を取り締まる。それだけです」

それだけ言って、ふたたび仕事に戻る。

素っ気ない態度に、山羽が苦笑する。

「ひぇー、かっこいい。違反者を取り締まる。それだけです」

物真似でひやかした元口が、潤に睨みつけられて固まっている。

「ともかく、うちとしても気になる兆候であることはたしかだ。そのうち、時間を見つけて狂走連の元総長でも訪ねてみるよ。久しぶりに顔を見ておきたいし、復活の懸念が杞憂《きゆう》に終わるなら、それに越したことはないしな」

「あの……班長、それ、私も同行していいですか」

木乃美が手を上げると、その場にいた全員が意外そうな顔をした。

たんにステッカーのロゴを読み取ったに過ぎないが、自分の事件のような気がしていた。できるなら顚末《てんまつ》を見届けたい。

「かまわないが、週休を潰すことになるぞ。復活の動きが本当にあるかすら、確信が持てない段階だ。仕事中に昔話をしに行くわけにはいかないからな」

「大丈夫です」

少なくとも、まとめサイトを見て一日過ごすよりは有意義だろう。

9

明くる週休日、横浜狂走連合の元総長を訪ねることになった。

山羽に指定された待ち合わせ場所は、小田急《おだきゅう》線の新百合ヶ丘《しんゆりがおか》駅の改札前だった。

指定された午後二時より二十分以上も前に着いてしまった木乃美は、駅ビルの書店で立ち読みして時間を潰した。

午後二時の五分前に駅改札前に戻ると、すでに山羽が来ていた。

駆け寄ろうとして、足が止まる。

「なんで……」

ほとんど無意識の呟きだった。

出勤時にはいつもフリースやスタジアムジャンパーなどのラフな服装なのに、今日の山羽はスーツを着ている。もともと背が高く、肩幅もしっかりしてスタイルが良いだけに、モデルのようにさまになっていた。

いっぽうの木乃美は、着古したパーカーにジーンズで、運動部の休日といった服装だ。気後れするなというほうが無理だった。

声をかけるのを躊躇《ためら》っていると、向こうが気づいた。

「なんだ。来てたのか」

「すみません」

「もはや口癖なんだろうが、なんで謝る」

山羽は軽く鼻を鳴らした。

「手土産《てみやげ》、これで大丈夫かな」

山羽が手にしているのは、百貨店などでよく見かける有名洋菓子店の紙袋だった。

「先方は、結婚してお子さんがいらっしゃるんでしたっけ」

「うん。そうだ」

「それなら大丈夫だと思います。そのお菓子を嫌いな子は、あまりいないだろうから。それより……」

「それより、なんだ」

そういうフォーマルな服装で来るのなら、事前に伝えておいて欲しい。

「なんでもありません」

いまさら言ってもしょうがないか。

山羽はなにか言いたげに唇を曲げた。

目的地は、駅から十分ほど歩いた場所だった。

大通りから一本入った住宅街に、プレハブの倉庫のような建物が建っている。自動車修理工場だった。作業スペースには二台の自動車が置かれ、うち一台は、板金作業の最中のようだ。スキンヘッドで、いかにも昔やんちゃしていましたという風貌の強面《こわもて》の男が、ツナギの作業服を着て、金槌《かなづち》を手に作業していた。

さすが伝説の暴走族の元総長だけあって、威圧感がすごい。

そう思って木乃美が生唾を飲み込んだ瞬間、明後日《あさって》のほうから声がした。

「山羽さんじゃないか」

振り向くと、ころころと太った男が、人懐こい犬のような笑顔を浮かべて山羽に歩み寄っている。

山羽は嬉しそうにその男の二の腕を叩いた。

「久しぶりだな。元気だったか」

「お陰さまでね。言ってなかったけど、この前、二人目が産まれたんだ」

「なんで教えてくれないいんだよ。とにかくおめでとう。家族のために、もっと頑張らないとな」

「言われなくたってそうするさ。山羽さんのほうこそ、どうなんだよ。良い人いないのかい。もういい歳なんだからさ」

「余計なお世話だっての」

会話の内容から考えても、この太った男が元総長ということで間違いないのだろう。だが、とてもそんなふうには見えない。

むしろあのスキンヘッドのほうが……。

きょろきょろと忙《せわ》しなく視線を往復させるうちに、太った男と目が合った。

「こちらは……まさか山羽さんの」

これ、と小指を立てられ、顔が熱くなる。

山羽は笑いながら手を振った。

「そんなわけないだろう。おれにも選ぶ権利はある」

むっとする。選んで欲しいわけではないが。

「そうだよな」

そしてどうして納得するかな。選んで欲しいわけではないが。

「おれの部下だ」

「初めまして。本田です」

挨拶すると、男は不思議そうな顔をした。

「部下って、女の子じゃないか。山羽さん、もう白バイ乗り辞めたのか」

「違うよ。まだ白バイには乗ってる。いまじゃ女の白バイ隊員も、珍しくないんだ」

まじまじと木乃美を見つめながら、時代は変わったもんだねと、しきりに感心された。

やがて、まだ自己紹介をしていなかったことを思い出したらしく、男は「九鬼《くき》です。山羽さんには、以前大変厄介になりました」と、名刺を差し出してきた。

その後、事務所に通された。

パーティションで区切られた狭い応接スペースのソファーに、九鬼と向き合って座る。

ほどなく、おんぶ紐で赤ん坊を背負った女性が、茶を運んできた。

「奥さん、お久しぶりです」

「どうもご無沙汰しております」

九鬼の妻も、山羽とはすでに面識があるらしい。

「二人目がお生まれになったそうで、お祝いもせずにすみません」

「そんな堅苦しい挨拶はいいんだって」

九鬼は手をひらひらとさせると、山羽の持参した手土産の紙袋を、妻に渡した。

「これほら、山羽さんが持ってきてくれたから」

「まあ。いつもありがとうございます」

九鬼の妻が去ると、山羽は湯呑《ゆの》みに手を伸ばした。

「幸せにやっているみたいだな。安心したよ」

「お陰さまでね。暴走族やってるころには、こんな生活が待ってるなんて、想像もしなかった。自分が家族を持つなんて。あのときの自分に、いまの自分はこんなだっていったら、ずいぶんシャバくなったもんだって馬鹿にされるかもしれないな。

だけど、このシャバい生活が、案外悪くないんだ。この第二の人生は山羽さんにもらったものだと思って、一日一日を嚙み締めて、大事に、真っ当に生きてるよ」

「泣けるね」

九鬼がこちらを向き、山羽を親指で示した。

「知ってるかい。この人、『鬼の一交機』の切り込み隊長として、暴走族連中に恐れられてたの」

「九鬼。そんな昔の話はいいよ」

だが九鬼は嬉しそうに身を乗り出した。

「おれたちだってかなりやんちゃだったと思うけど、おれたちを取り締まる一交機のサツカンのほうが、たいがい無茶してたよな」

山羽は渋々といった感じに頷く。

「まあな」

「この人のこと、本当にいかれてると思ったのが、あれだよ。あのとき」

「ああ、あれだろ」

二人が頷き合う。

「山羽さんが、ほかの隊員の白バイに二ケツして、追いかけてきたことがあったんだ。おれはいつも通り、サイレン鳴らされてもマイクで警告されても止まる気なんてなかった。そしたらさ、この人……おれのバイクに飛び移ってきたんだぜ」

「嘘……」

そんなことが可能なのだろうか。まるでアクション映画の世界だ。

「嘘なもんか。やたらとこっちに寄せてくるなとは思ったけど、まあ、事故を起こさせるようなことはないだろうって、高を括っていた部分もあったんだ。突っ張ってるつもりで、大人の手加減に甘えていたんだな。ところがこの人、いきなり飛び移ってきたもんだからびっくりだよ。自分が相手にしてるのは、本当にやばいやつなんだって、ぞっとした。あれ、よく事故らなかったよな。下手すりゃ二人とも死んでたなって……いまでも思うよ」

「もういいじゃないか。お互い、若気の至りだ」

「おれはまだ十代だったけど、この人はもう二十代半ばだったんだぜ。立派な大人じゃないか」

笑うべきなのだろうが、普段の山羽と、九鬼の口から語られる若き日の山羽像のギャップが大き過ぎて、呆気にとられるばかりだ。

「だけど、この人がとんでもない無茶を冒しておれを取り締まってくれたおかげで、いまのこの幸せがある。本当に感謝しているんだ。あのまま暴走族を続けていたら、そのうち大きな事故を起こしておっ死《ち》んでたかもしれないし、そうでなくも大怪我《おおけが》で障害を負っていたかもしれない。もしくは、他人さまをそういう目に遭わせていたかもしれないんだから。自分が子供を持ったいまなら、それがどんなに恐ろしいことなのか、よくわかる」

「もっと褒めていいぞ」

「そう言われると褒める気なくなるな」

微笑み合う二人の間には、戦友のような特別な絆《きずな》があるようだ。

「昔話もいいが」と膝をぽんと打つのを合図に、山羽が本題を切り出した。

「今日来たのは、大事な話があるからだ」

「なんだい。気味が悪いな。そんなにあらたまっちゃってさ」

山羽は木乃美のほうを一度見てから、口を開いた。

「どうやら、横浜狂走連合に復活の動きがあるらしい」

「なんだって？　そんな話、どこから」

九鬼が驚きに目を見張る。

「この前、信号無視したガキの原チャリを追いかけたんだが、そのガキのメットに

「……」

山羽に促され、木乃美が告げた。

「横浜狂走連合のステッカーが」

「本当かよ……」

しばらく放心した後で、九鬼が両手を振る。

「おれは、関係ないぞ。そんな動きがあることすら、いま初めて聞いたんだ」

「わかってる。おまえがかかわっているとは、おれも思っていない。ただステッカーを見かけただけだから、もしかしたらガキどもが勝手に伝説の暴走族のステッカーを作って、ごっこ遊びしているだけかもしれないしな」

「うちのステッカーを作って、うちの名を騙《かた》るなんて、そんな馬鹿がいるのかね」

「わからない。暴走族に憧れるガキの遊び程度ならいいんだが、もしかして、かつてのメンバーの誰かが、かかわってやしないかと思ってな」

その見方には、九鬼は懐疑的だった。

「どうかな。解散したときの幹部とは、いまでも連絡を取っているけど、結婚して親父になってるのも多いから。いまさらそんな馬鹿、やるとは思えないけど」

「心当たりはなし、か」

「全盛期は何百人という数だったから、末端の人間まではわからないけどな。いちおう、元幹部連中には連絡してみるよ。さすがに連中が直接かかわっていることはないと思うが、変な動きが耳に入っている可能性もある。なにかわかったら連絡する」

その後も三十分ほど近況を報告し合ったり、昔話をしたりしながら過ごし、九鬼の自動車修理工場を辞去した。

「休みの日に付き合わせて、悪かったな」

駅へと向かいながら、山羽が言った。

「いいえ。私がお願いしてお邪魔したんですから。ありがとうございました」

「九鬼のやつ、すっかりお父ちゃんの顔だった」

「暴走族の元総長だなんて、言われてもあまりぴんと来ないぐらい、やさしそうな方でしたね」

「やさしいんだよ、実際。あいつ、自分の工場で、少年院や鑑別所上がりのガキどもを、わざわざ優先して雇ってるんだ。誰も期待してくれなくなったら、立ち直るものも立ち直れなくなるって言ってさ。けっこう途中でバックレられたり、中には店の売上持って逃げたりするような馬鹿もいるらしいけど、それでもあいつは懲りずに、社会から弾かれたガキどもの受け皿になろうとしている」

馬鹿だよなと笑う山羽は、しかしどこか誇らしげでもあった。

なるほど。そういうわけか。

板金作業をしていたスキンヘッドの男の威圧感を思い出し、納得した。

そしてもう一つ、気づいた。

誰も期待してくれなくなったら、立ち直るものも立ち直れなくなる——非行少年の更生を助けようとする九鬼の原点にあるのは、自分を更生に導いてくれた山羽への感謝の念ではないか。

「だけど残念だったな。狂走連復活の動きに、九鬼のやつが噛んでいる可能性は万に一つもないと信じてはいたが、手がかりすら摑めなかったか……」

残念そうに顔をしかめる山羽に、木乃美は言った。

「いえ。来てよかったです」

「そうか。ならよかった」

山羽が不思議そうな顔をする。

「ええ。本当によかったです」

この仕事、続けるのも悪くないかも。

少しだけそう思えたのだから。

「そういえば、もう明後日だな。競技大会」

「はい」

あまりに元気のいい返事に、山羽は面食らった様子だった。

「ずいぶん気合い入ってるな」

「気合い、入ってます。精一杯、頑張ります！」

やるぞ！

木乃美は青空に向かって、勢いよくこぶしを突き上げた。

2nd GEAR

1

「私、やっぱり無理です。この仕事続けられません！」

木乃美は抱えた膝に顔を埋《うず》め、号泣した。

「しょうがねえな。本田ってこんな泣き上戸だったっけ？」

困惑気味ながらも、隣で背中を撫《な》でてくれるのは、元口だった。

そのさらに隣から聞こえる梶の声は、笑いを含んでいる。

「おまえがしっかり面倒見ろよ、元口」

「押しつけないでくださいよ。ってか、なんでこんなに泣くのか意味わかんないだよな。ただコケただけじゃん。ま、コケ方はかなり派手だったけどさ」

木乃美がさらに大声で嗚咽《おえつ》し、元口が両手で自分の耳をふさいだ。

第二中隊安全運転競技大会の打ち上げは、横浜駅近くの大衆居酒屋で行われていた。貸し切りにした二階の座敷を埋めるのは、全員が白バイ乗りだ。

「そんなに落ち込むな。わかっていただろう。練習でできないことが、本番でできるわけないいんだからさ。なのに一昨日はなんであんなに威勢が良かったのか、いまだに理解できないんだが」

対面で冷酒のグラスを舐《な》める山羽は、あきれ口調だ。

その隣では顔を真っ赤にした潤が、ゆらゆらと上体を揺らしながら一点を見つめていた。意外にもアルコールに弱い体質らしく、ずっとこの調子だ。

「できるわけがないと思ってるんなら、どうして出場させたんですかあっ」

悔しさが甦《よみがえ》り、とめどなく涙が溢れてくる。

「そんなこと言われても……出場は分隊長が決めたことだし、なあ」

山羽の言葉に元口が頷く。

「文句があるなら分隊長に言え」

「分隊長いないし！」

いつもそうなのだが、分隊長の吉村は打ち上げがあろうとなかろうと、定時になるとさっさと帰宅してしまう。

「それなら、こんど会ったときに言えばいいじゃないか」

梶は酔っ払いが面倒くさくなってきたようだ。

「素面《しらふ》で文句言えるわけないじゃないですか！」

競技大会の結果は、ある意味、予想通りと言えるものだった。なにしろ大会に臨む段階で、フル装備の白バイでの小道路旋回を、一度も成功できていなかったのだ。山羽の言う通り、練習でできないことが本番でできるわけがない。それでも出場が決まっている以上、一縷《いちる》の望みに賭けるしかなかった。

それでも、いけそうな気がしていたのだ。

まったく根拠らしい根拠はなかったが。

だが。

――ゼッケン十二番。本田木乃美。

スタートのアナウンスを聞いた瞬間、肉体が自分のものでなくなったような気がした。

不思議と緊張しないものだなと、それまでは呑気に思っていた。

あくまで内輪の競技会とはいえ、金網越しにけっこうな数のギャラリーが集まっていた。そうでなくとも、非番以外の第二中隊全員が集まるのだ。スタート待ちをする選手には顔が真っ青な者もいたし、さっきトイレで吐いてきたばかりだと言う者もいた。全国大会とは比べ物にならないだろうが、それでも高校の体育祭を思い出すような高揚感が会場全体を包み、通い慣れた分駐所をいつもとは違う場所に見せていた。

応援に駆け付けてくれた元口は、木乃美の肩を揉《も》みながら、大丈夫大丈夫と繰り返した。そのときは、大丈夫ですよ、ぜんぜん緊張していませんからと、笑って応えたのだ。本当に大丈夫なのかと梶に心配されても、まるで過保護な父親みたいだなと、おかしかった。

だが、緊張に気づけないほど緊張していただけだった。

トライアルコースのスタートを切った瞬間に、そのことに気づいた。

それでも最初は順調だった。パイロンスラローム。8の字走行。緊張していたところで、コツは身体に染み込んでいる。

だがやはり、小道路旋回が鬼門となった。

これまでの小道路旋回の練習では、車体をバンクさせることができず、まわり切れずにたんなる右折になってしまうか、バンクさせ過ぎて転倒するかのどちらかだった。

今回は、両方だった。

まずは前者。ほかの隊員たちの前で転倒したくないという思いが強かったのだろう。Uターンするはずが、バンク角が足りずに右折するかたちになり、コースの脇に設置されていたテント席に突っ込んだ。運の悪いことに、そこには会場でもっとも階級の高い、中隊長の席があった。

そして後者。中隊長を撥《は》ねるわけにはいかないと、急ブレーキをかけながら思い切りハンドルを切ったところ、タイヤがロックしてバランスを崩し、バイクから投げ出された。

二度目のパイロンスラローム、さらには車幅ギリギリに立てられたポールによる狭路と一本橋を組み合わせたナローコースを残しての途中棄権。

地面に横たわりながら、おそらく金網の向こうで見ていたギャラリーだろう、「大丈夫かな。もしかして死んだんじゃないの」と囁く声を、ざわめきの中から耳が拾い上げた。

「いっそあのとき、死んでればよかった……」

中隊長を轢き殺しかけるなんて――。

両手で顔を覆うが、蒼《あお》ざめた中隊長の顔がフラッシュバックするのはまぶたの裏側だ。目もとを覆っても、目を閉じても残像は消えない。

元口から肩をぽんぽんと叩かれた。

「白バイ乗りがそんなこと言うなよ。命あっての物種だぜ。過ぎたことはしょうがない。気持ち切り替えて、明日からの頑張りで挽回するしかないだろう」

「でも、もう私の夢は終わりです」

「なんだ。夢って」

山羽が興味深そうに身を乗り出してくる。

「箱根駅伝の先導です」

「箱根の？」

「そうです」

「初耳だな。おまえにそんな野望があったなんて」

「当然ですよ。言ってないですから」

同僚たちに告げるのは初めてだった。バイクをまともに操れないうちから、公言できるような目標ではないと思っていた。

「おれ、実は先導やったことあるんだぜ」

山羽が得意げに自分を指差す。

「知ってます」

「知ってたのか」

「当たり前です。勤務になってても箱根は毎年、録画して見ますから」

あの、テレビで見た山羽公二朗巡査長の下で働くことができるのかと、最初は心弾んだものだ。

実際に一緒に仕事をしてみると、想像していた人物像とはだいぶ違ったが。

「別に中隊の大会での結果が悪くても、中隊長を轢き殺しかけても、これで終わりってわけでもないだろ」

話を終わらせたがっているような、梶の口調だった。

「そうですけど……」

箱根駅伝の先導役への最大の近道は、全国白バイ安全運転競技大会の出場選手になることだ。大会は男女別に部門が分かれており、神奈川県警代表の出場枠は男性三名、女性一ないし二名、プラス、補欠が男女各一名といったところか。中隊内での競技大会開催は、隊員の技術向上を目指す名目のもとに行われるが、全国大会出場選手の予備選考という側面もあった。

梶の言う通り、これがラストチャンスではない。内輪の競技会はたびたび開催されているし、今年が駄目でも来年がある。

だが遠い。

はてしなく遠い——そのことを痛感させられた一日だった。

「だったらやめればいいんじゃない」

ふいに発せられた潤の言葉に、場が凍りついた。

潤は勢いをつけるように、コップのビールを飲み干した。

「なにか勘違いしているかもしれないけど、安全運転競技大会で良い成績を残すのも、そのご褒美で箱根の先導を任されるのも、白バイ隊員の本分じゃない。そんな見当違いの目標を掲げていて、しかもその目標が遠いからへこたれるなんて、同情する気にも、励ます気にもなれない。やめちゃえばいい」

「川崎。ちょっと飲み過ぎたみたいだな」

なだめようとしたのを「うるさいっ」と振り払われ、山羽がぽかんとする。

「どうしたんだよ、川崎。そんなに感情的になるなんて、おまえらしくもない」

元口は先ほどからずっと困惑顔だ。

「別に感情的になってなんかいません」

「なってるじゃないか。本田に言いがかりつけてさ」

「言いがかり？」

「そうだよ。いいじゃないか、別に。たしかに、おまえに比べると本田の技術レベルは低いよ。とんでもなく低い。笑っちゃうほど低い」

なにもそこまで言わなくても。

「だけど本田だって夢に向かって一生懸命やってるんだ。実際に叶《かな》うかどうかは別として、目標を持つぐらい、許されてもいいだろう」

擁護されているはずなのに、なんだか落ち込んできた。

「プロは結果がすべてです。本来の職分でないことに熱心になって、しかも結果を出すことすらできなかったのでは、税金の無駄遣いと非難されても仕方がないんじゃないですか」

背後の壁にもたれていた梶が、上体を起こした。

「川崎。さすがに言い過ぎじゃないか」

「本田さんがうちの隊の足手まといになっているのは、事実ですから」

「いい加減にしろ。酔ったからって、言っていいことと悪いことがあるぞ」

元口が片膝を立て、臨戦態勢になる。

「元口さん、大丈夫です。大丈夫ですから」

だが木乃美がどう思うかは、もはや関係なさそうだった。場が収まる気配はまったくない。

元口と梶の二人に攻撃されて、潤も興奮してきたらしい。早口でまくし立てる。

「酔ったから言ってるんじゃありません。普段から思っていることです。本田さん、今月もまともにノルマこなせてないじゃないですか。そんな状態で必要なのって、トライアルの訓練でしょうか。そんなのいくらやったところで、取り締まりの実績は伸びません。取り締まりのシミュレーションの相手でもしてあげたほうが、よほど有意義じゃないですか。自分の手柄を譲って、やさしい先輩を気取るより」

「おまえ、なんだその言い方。喧嘩売ってんのか」

昔取った杵柄《きねづか》か、元口の巻き舌はすっかり街のチンピラのそれだ。

「喧嘩なんか売ってません。そう感じるのは、自分に後ろめたいことがあるからでしょう。知ってるんですよ。ほかの人が取り締まったぶんまで、本田さん名義の切符にしているの」

「そりゃ、二人で取り締まりに出れば、後輩に譲るのが普通だろう」

元口の歯切れが悪くなる。

「そうじゃないこともありましたよね。元口さん一人で取り締まりに出たはずなのに、本田さん名義で切符を切ってきたことが」

「それは違うんだよ。川崎さん。あれは私のミスなの。自分の名前を書いた青切符を、間違って元口さんに渡しちゃったから……」

木乃美は慌てて弁解した。

「だとしても、告知者欄を書き換えることなんて簡単だったのに、元口さんはあえてそれをせず、本田さん名義で青切符を切った。へらへら笑ってましたよね。せっかくだから、今日はいつもの漁場を離れて、裏道で取り締まってきたって」

元口は不機嫌そうに黙り込んでいる。

「木田の字は見慣れているから、そっくりに書いてやった。違反者は、おれの名前を本田木乃美だと勘違いしてるかもしれないって平気な顔して話しているのを見たとき、下手したら公印偽造に問われかねないようなことなのに、なに考えてるんだろうと信じられませんでした」

「そう思ったなら、そのときに注意してくれよ」

梶が言う。元口が話した相手というのが、梶だ。

「言えません。どうせ下心があるんだろうと思いましたし」

「なんだと、コラ！　もういっぺん言ってみろ！」

切り裂くような怒鳴り声に、騒々しかった座敷が静まり返った。周囲の視線が集中する。

「元口、落ち着け」

梶に押さえつけられ、腰を浮かせかけていた元口が、「わかってますよ」とあぐらをかいた。

むしろ潤のほうが収まらない。

「自分の足もとすら見えていないのに、箱根の先導みたいな遠すぎる目標を掲げさせて、どうせ叶いっこないって思ってるくせに応援するなんて、よけい残酷ですよ。やめちゃえって、はっきり言ってあげるのもやさしさじゃないですか」

「いい加減にしろ！」

今度は梶がいきり立つ。さっきとは逆に抑え役にまわった元口が、呟いた。

「おまえの言うことは正しいのかもしれないけど……みんな、おまえみたいに才能に恵まれてるわけじゃないんだぜ」

潤の顔色が変わった。

「私が努力してないとでも……？」

声は震え、瞳にはうっすら涙の膜が張っているように見えた。

潤が立ち上がり、座敷を飛び出していく。

「川崎さん！」

追いかけようとしたが、山羽に止められた。

「本田。いまおまえが行っても逆効果だ」

ほどなくざわめきを取り戻した座敷の中で、A分隊の陣取る一角だけ、空気がよどんでいた。

2

慣熟走行を終えて警らに出発すると、潤は長い吐息を漏らした。

あの日以来、分駐所に居づらくてしかたがない。ほかの隊員の態度がとくに変わったわけでもないのだが、その変わらなさの裏に、どういう感情が隠されているのか勘繰ってしまうのだ。潤はもともと誰かと馴《な》れ合うほうではなかったが、望んで嫌われる立場を選ぶほどの変人でもない。

酒の勢いとはいえ、言い過ぎた。本音には違いないが、本音を包み隠さずさらけ出すことが正しいわけでもないことは理解しているし、同じことを伝えるにしても、もっと角の立たない方法があったはずだ。

やっぱり、謝ろう。

打ち上げを中座して帰宅したその夜、布団の中でそう決めたはずだった。ところが翌日、いざ木乃美と顔を合わせてみると、用意した言葉が出てこなかった。いつもと変わらない様子で「おはよう。川崎さん」と微笑んでくるのに、「おはよう」と返すのが精一杯だった。

その後も謝罪のチャンスをうかがったが、なかなか木乃美と二人きりになる機会がなかったし、わずかにあったその機会も、尻ごみして逃してしまった。そうこうするうちに一日が終わり、完全に機会を逸してしまった。

今度の週末に買い物に行かない？　だとか、美味《おい》しいスウィーツのお店があるんだけど、などと、誘ってくれないだろうか。いまになってそれを望むなんて、虫が良すぎる。もしも自分が木乃美の立場なら、もう誘わないだろうから。

すべては自業自得だった。

他人と話す気になれず、潤は横浜周辺をあてもなく流した。

そして二時間半の警らも残り三十分となり、分駐所に戻ったときの気まずさを思って、潤が憂鬱になりかけたときだった。

無線機が注意喚起音を発した。

走行中だと音声が聞こえにくいので、路側帯に寄せて停車する。

それは職務質問中の警察官からの応援要請だった。薬物使用の疑いのある、挙動不審な女性の身体検査をしたいので、近くに女性警官がいたら来て欲しいという内容だ。

場所は横浜市港北区《こうほく》綱島西《つなしまにし》一丁目。

盛大にため息が漏れた。潤のいる場所とは、目と鼻の先だ。

気乗りしないが、自分以上に早く到着できる女性警官はいないだろう。

「交機七四から神奈川本部。至急向かいます」

早口で告げて、発進する。

二分ほど走ると、車道から見て左側の歩道に、二人の警察官の姿が見えた。茶髪でスウェット姿の若い女が、二人に食ってかかっている。

「汚い手で触んなよ！　離せってば！」

警察官の手を振り払う女の罵声が、五〇メートルほど離れたここにまで届いてくる。

同性といっても、あの調子じゃ身体検査に素直に応じてくれることもなさそうだな。

潤が重い気分でブレーキに手をかけようとした瞬間だった。

女がガードレールを飛び越え、車道へと飛び出した。

二人の警官は白バイの接近に気づき、女から目を離していた。一瞬遅れて女を追いかけようとするが、車道を走る車にクラクションを鳴らされ、慌てて歩道に引き返す。そのときには、女は車道を横断し終えている。

そして女の行く先には、バイクが停車していた。

「嘘……」

スズキGSX750E2。

赤いボディーと四角いヘッドライトまわりの無骨なデザインが、まるで張り子の牛のように見えるという理由で、『赤べコ』なる通称を与えられた名車が、こちらを向いている。

ライダーはこちらから見て右側の歩道に面した銀行のATMコーナーに用があるらしく、シートから下りようとしているところだった。車道から突進してくる女には、まったく気づいていないようだ。

「あぶな――」

い、と潤が最後の音を発したときには、ライダーは突き飛ばされて歩道に倒れ込んでいた。

女がひらりとシートに跨り、『赤べコ』のハンドルを握る。

エンジンの雄たけびとともに、対向車線をこちらに向かって走ってきた。近づくとわかるが、女は未成年のようだ。顔立ちにはあどけなさすら感じる。だが見開いた眼はらんらんと異様な輝きを放ち、一目で正常でないとわかる。

『赤べコ』が巻き起こした風を感じながら、潤はスロットルを開いた。ハンドルをいっぱいまで右に切って車体をバンクさせ、前輪がUターンを終えたところでフルスロットル。鮮やかに小道路旋回を決め、『赤べコ』を追う。

『赤べコ』はあちこちからクラクションを鳴らされながらも、強引なライン取りで先行車両を追い抜いていく。潤もサイレンと赤色回転灯で進路を拓《ひら》きながらついていった。

交差点で綱島街道を横切るかと思われた『赤べコ』は、突如として左にハンドルを切り、綱島街道を北上し始めた。危うく綱島街道を南進してきた乗用車と正面衝突するところだ。無謀きわまりない運転に、見ているこちらの背筋が冷たくなる。

ふいに吉村の言葉が脳裏をよぎった。

——正しいとか間違っているとかの問題じゃない。違反ドライバーを深追いした結果、事故を誘発する可能性は、考慮しなかったのかと言っているんだ！

だがどう考えても、このまま暴走を許すわけにはいかない。

無線交信ボタンを押した。

「交機七四から神奈川本部！　職質中の女性がバイクを奪って逃走！　女性はおそらく薬物を使用！　危険運転！　綱島駅付近から綱島街道を川崎方面へ走行中！　応援願います！」

大声で叫んだのは興奮のためではない。サイレンで自分の声が聞こえないのだ。当然、本部の応答も部分的にしか聞き取れない。切迫した状況を察して、できるだけ多くの車両を向けてくれるのを祈るのみだ。

『赤べコ』は蛇行しながら暴走する。いわゆる暴走族の蛇行運転に比べると、段違いに速い。ときおり対向車線に飛び出したりもして、まるで死を望んでいるかのような運転だった。

無駄だとは思いつつ、マイクで呼びかけた。

「危ないから止まりなさい！」

やはり無駄だった。女がこちらを振り向き、舌をぺろりと覗かせて、中指を立ててくる。挑発されても怒りは湧かない。はらはらしながら、ただ転倒しないでくれと祈った。

東急東横線《とうきゅうとうよこ》の日吉《ひよし》駅前を通過すると、下り坂になる。

右への緩やかなカーブを抜けると、見晴らしがよくなった。

まずい——と、潤は思った。

二〇〇メートルほど先の横断歩道で、ランドセルを背負った少女が道路を横断しようとしていた。さっさと渡り切ってしまえばいいのに、サイレンとエンジン音に気づいてこちらを振り向き、狂気じみた運転で近づいてくる『赤べコ』を見て、恐怖で動けなくなったようだ。横断歩道の途中で、呆然《ぼうぜん》と立ちすくんでいる。

「早く渡りなさい！　逃げなさい！」

拡声で指示してみたが、声音の切迫感でよけいに動揺させてしまったようだ。行くか、戻るか、という感じに、少女はおろおろとし始める。

潤はスロットルを全開にした。エンジンが咆哮《ほうこう》し、視界が早回しで流れ始める。片側二車線ずつの道路を我が物顔で蛇行する『赤べコ』の横に並んだ。もしも『赤べコ』がランドセルの少女に接触しようものなら、その進路をふさいで自分が盾になるしかない。

その場合は当然、白バイも、それを運転する自分も、無傷でいられないだろうが。

恐怖を振り払うように息を吐き、一縷《いちる》の望みを託して拡声する。

「止まりなさい！　止まって！」

お願いだから——！

そのとき、『赤べコ』に跨る女と目が合って戦慄した。理性も恐怖も吹っ飛んだ、人間を超越した獣の目だ。逃走の様子から予想はしていたが、女の目的は逃げ切ることではない。先のことなど考えておらず、逃げることそれ自体が目的になっているのか。

あるいは追ってくる白バイとの対決を、楽しんでいるのか……？

恐怖を圧してハンドルを操作し、速度を調整しながら『赤べコ』に並走する。

『赤べコ』は小刻みにハンドルを揺らしたり、大きく蛇行したりとまるっきり秩序を否定するような動きをしながらも、ランドセルの少女を意識しているのがわかった。

潤は前方で立ち尽くす少女との距離を目測しながら、白バイの車体を『赤べコ』に寄せて、少しずつプレッシャーをかけていく。わずかでも接触すれば、二台ともバランスを崩して転倒だ。

そして一瞬、速度を緩めた『赤べコ』に合わせようとスロットルを戻した瞬間、『赤べコ』が猛然と速度を上げた。

ぐんっと、引き離される。

「しまった！」

スロットルを全開にするが、とても追いつきそうにない。

『赤べコ』は大きく弧を描くようなライン取りで、ランドセルの少女に向かっている。金属的な女の高笑いが聞こえた気がして、怖気《おぞけ》立った。

「逃げなさい！　逃げて！」

拡声ボタンを押すのすら忘れているので、潤の叫びはヘルメットの中でしか響かない。

ランドセルの少女は魅入られたように『赤べコ』を見つめ、立ち尽くしている。

接触まであと二〇メートルもない。

「駄目ぇっ！」

絶叫した瞬間、ふいに『赤べコ』の姿が視界から消えた。

バランスを崩して転倒したのだ。

横倒しになった『赤べコ』は運動速度を保ったまま、ランドセルの少女のほうへと地面を滑る。アスファルトと車体の摩擦で、火花が散る。

ひやりとしたが、『赤べコ』はランドセルの少女のすぐ横を通過し、交差点を斜めにショートカットしながら、対向車線の停止線のあたりで止まった。

潤はバイクを止めて、ランドセルの少女のもとへ駆け寄った。身体に比べてランドセルが大きい。まだ小学校一年生か二年生だろう。

「大丈夫だった？　怪我はない？」

呆然自失の少女を抱きかかえ、安全な場所まで移動させる。

いまになって急にあちこちから警察官が湧いてきたと思っていたら、そこは潤も通った、警察学校木月《きづき》分校の正門前だった。

警戒杖《じょう》を持って近づいてきた制服警官に要求する。

「早く救急をお願いします」

「わ、わかりました」

『赤べコ』から投げ出された女は、中央分離帯を跨ぐかたちで、仰向《あおむ》けに倒れていた。左足が不自然な方向に折れ曲がり、口もとから血の筋が垂れている。

救急の出動は無駄になると、潤は直感した。

異様な光を宿していたはずの瞳は、ビー玉のようになって、うつろに空を見つめている。とてもまだ命があるようには見えなかった。

上下線の交通は完全に寸断され、停止した車から下りたドライバーたちが、なにごとが起こったのかと遠巻きにしている。

「見ちゃ駄目」

潤は少女の頭を自分の胸もとに抱き寄せ、自らも現実から目を逸《そ》らすように顔を背けた。

3

「どう考えても、川崎に非はないだろう」

「そうだ。おれが川崎でも、たぶん……いや、ぜったい同じことをした」

元口と梶が、口々に潤を擁護する。

「そうは言っても、白バイの追跡中だった車両が事故を起こして、運転者が亡くなったわけだからな。たんなる単独事故でした、じゃ済まされない部分もあるだろう。世論だってあるし」

警察の立場を代弁して歯切れの悪くなる分隊長の吉村に、山羽が助け船を出す。

「形式だけだろう。目撃者はたくさんいて、その誰もが、『赤べコ』のライダーの運転が危険極まりなかったと証言している。そしてなにより川崎は、『赤べコ』に撥ねられそうだった小学一年生の女の子を救っている。間違っても、処分の対象になるなんてことはないはずだ。かたちだけの事情聴取が済めば、お咎《とが》めなしで解放される……きっと」

最後の「きっと」に願いが集約されているようだった。

午前の二時間半警らから戻ってきた後の、昼食休憩の時間だった。朝から県警本部に呼び出された潤は、まだ戻っていない。

木乃美は、青切符の『弾込《たまご》め』を行いながら話を聞いていた。『弾込め』とは、最初は冊子状に綴《と》じられた状態で納品される青切符を、五枚一綴りごとに冊子から外してホッチキス留めし、さらには告知者欄――つまりは警察官の氏名などの空欄を埋めて、すぐに使える状態にしておくことだ。ただでさえ時間がかかる取り締まりの手続きを、少しでもスムーズに行うための工夫だった。退屈な単純作業となるため、先輩のぶんの『弾込め』も後輩が一手に引き受けることが多い。そのため、自分の名前の入った青切符を元口に渡すなどというミスが起きるのだ。

漁場に張りついて取り締まる待ち伏せ型の白バイ隊員には、反則場所の欄までもあらかじめ埋めておく強者《つわもの》も存在する。そうなるともはや『その場所で』違反する者にしか使えない青切符になってしまうので、違反者が現れるまでひたすら同じ場所で待ち続けることになる。

元口はその「強者」のうちの一人だ。

木乃美名義の青切符を渡された日の元口が、「せっかくだから」「いつもの漁場を離れて」と語るのは、ふだん使用している青切符が、すでに反則場所まで記入済みのものだったからだ。いつもなら同じ漁場から動かない。

「本当にお咎めなしなんでしょうね」

「もしも川崎が謹慎とか戒告とか受けるようなことがあれば、おれら黙ってませんよ」

部下二人にチームワークよく責めたてられ、山羽はたじたじとなる。

「大丈夫。もし川崎が処分されるようなことになったら、分隊長も黙っていないはずだ。ねえ、分隊長」

吉村はばつが悪そうにこめかみをかくだけだった。

元口が興奮気味にデスクを叩く。

「だいたいさ、亡くなった少女は不審な言動をとっていたから、バンかけられてたんですよね。それで、バンかけしてた警官がいよいよ怪しいと思って、少女の身体検査をするために応援要請をしたんでしょう。警察に落ち度があるとすれば、少女に逃げられたボンクラ警官どもなんですよ。どうして川崎に矛先が向くんだ」

　バンとは職務質問のことだ。

「珍しく元口が正しいことを言った。まったくその通りだ。目の前から盗難車のバイクが逃げて来れば、追いかけるのは白バイとして当然の行動だし、そのバイクが明らかに危険な運転をしているのであれば、どうにかして止めようとするのも当然です。職務と使命に忠実に動いただけなのに、問題視するほうがどうかしています」

　梶の批判の矛先は、県警の上層部からマスコミの報道姿勢へと移行している。

　吉村が複雑な顔で腕組みをした。

「ただな、バンかけした警官も薬物使用を疑ったし、バイクの運転も薬物使用が疑われるような危険なものだったとしても、司法解剖でなにも出てこなかったというのも、事実なんだ。アルコールも薬物も反応がない。つまり、まったく素面の少女が、白バイの追跡から逃れようとした無謀な運転の結果、転倒して死亡した……それが客観的事実ということになる」

吉村の言うように、遺体からアルコールや薬物は検出されなかったらしい。

となると、マスコミの報道も、少女を追跡した白バイ隊員——潤の判断と行動が、はたして適正だったのか。白バイ隊員の追跡が、少女の生命を奪う結果に繋がったのではないかと問題提起する論調になる。

「まずは上の判断を待たないことには、どうにもならんだろう」

山羽が壁の掛け時計を見上げた。

そのとき引き戸が開いて、潤が帰ってきた。

事務所の時間が止まる。

潤は不自然な体勢のまま硬直する元口や梶を不思議そうに見つめ、深々と頭を下げた。

「皆さん、どうもすみませんでした」

初めて見る潤の謝罪が、ことの重大さを物語っている気がした。

「謝ることなんか……」

「そうだぞ、川崎。おまえは誰にも迷惑かけて……」

先ほどまでの威勢はどこへやら、元口と梶の慰めの言葉は、尻すぼみになる。

潤は吉村の近くまで歩き、ふたたび頭を下げた。

「分隊長。すみませんでした。以前に分隊長からいただいたお叱りの言葉の意味が、いまになってよくわかりました。遅すぎたとは思いますが」

吉村はかける言葉が見つからないといった痛ましげな表情で、潤を見上げている。

代わりに山羽が訊いた。

「どうだったんだ」

「処分が決定するまで、自宅待機ということになりました。ご迷惑をおかけします」

それから潤は、一人ひとりに頭を下げてまわった。

山羽、梶、元口と来て、最後に木乃美の前に立つ。

「本田さん。ごめん。今回のことだけじゃなくて、なんか……いろいろ」

「いろいろ」の中には、この前の酒の席での暴言も含まれているのだろう。木乃美としては、蒸し返す気はなかった。

「川崎さん……大丈夫?」

潤は唇の端をわずかに持ち上げる。

「大丈夫。時間ができるから、少し自分を見つめ直してみるつもり」

A分隊一同は、事務所を去っていく背中を、黙って見送るしかできなかった。

4

自室に戻ると、潤はベッドに身体を横たえた。

潤は横浜市青葉《あおば》区の警察署の独身待機寮に住んでいる。木乃美ほど職場が近くはないが、木乃美と同じ寮でないのは、とくにこういうときにはありがたい。

激しく疲労しているのに、眠気はまったくない。しばらく天井を見上げたまま、時計の秒針が時を刻む音を聞いていた。

滝川《たきがわ》まどか。

それが『赤ベコ』で逃走したライダーの名前だった。横浜市鶴見区在住の十七歳。全日制の高校を中退し、定時制に入学する資金を貯《た》めるため、ガソリンスタンドでアルバイトしていたという。すべては彼女が亡くなってから知ったことだった。

あれから潤は、まどかの最期となった場面を、繰り返し反芻《はんすう》している。

司法解剖の結果、まどかの遺体からは、アルコールも薬物も検出されなかったらしい。

そのことを県警本部で聞かされたときには、そんな馬鹿なと思った。あの無謀な運転は、まともな判断能力を有した人間のそれではなかったし、瞳孔が開きっぱなしのような、異様にぎらついた目も、とても常人のものとは思えなかった。

だが科学的な検査の結果がそうだというのなら、真摯に受け止めるしかないのだろう。

まどかはアルコールも薬物も服用していない、完全にクリーンな状態だった。

そう考えると、新たな視点が生まれてくる。

最初から薬物使用を疑っていたせいで、自らの選択肢を狭めてはいなかっただろうか。どうせまともに話が通じる相手ではないと決め付けたために、排除した選択肢があったのではないか。

かりにそうだとすれば、とても最善を尽くしたとは言えない。救えたはずの命を、みすみす見殺しにしたのかもしれない。

日吉駅前からの下り坂。緩やかな右カーブを抜けた先に広がる視界。横断歩道の途中で立ちすくむ少女。

潤の意識は、何度も何度も『あの瞬間』の直前へと立ち返る。そのたびに胸を突く痛みに、顔を歪める。

人は簡単に死ぬ。

わかっているつもりになっていただけで、まったくわかっていなかった。

枕元に投げ出していたスマートフォンが、ふいに振動した。

発信者を確認すると、未登録の番号からだったので、迷わず『拒否』をタップする。マスコミが直接連絡してくる可能性もあるので、勝手に取材を受けないようにと、きつく言われていた。仕事中に残されていた留守電を確認すると、どこで番号を調べたのか、本当にマスコミからの取材依頼が数件あった。

ふたたびスマートフォンが震えた。

しつこいなと思って『拒否』に親指を伸ばしかけたが、今度は違った。母からだった。

少し躊躇ったが、電話に出た。

もしもし、と応じる声にかぶせるように、母は言った。

「潤、あなた大丈夫よね。いつも通り仕事してるのよね」

「いきなりどうしたの」

ぎくりとした。潤は家族と頻繁に連絡をとるほうではない。『赤べコ』の一件についても、まだ話していない。

「神奈川県で白バイの絡む事故があったんでしょう？　テレビでやってるわよ。白バイに追いかけられたバイクに乗っていた女の子が、亡くなったらしいじゃないの。追いかけていた白バイ隊員も女性だって話だけど、あなたじゃないわよね」

「バレちゃったか。鋭いね」

軽い口調を装ったが、衝撃を緩和することはできなかったらしく、母はしばらく絶句していた。

「どうして早く連絡してこないの」

「落ち着いたら連絡しようと思ってたよ」

「落ち着いたらじゃなくて、すぐに連絡してきなさい。本当にあなたって子は、ぜんぜん大事なことを話してくれないのね。いつもそうなんだから」

次第に声の震えが大きくなり、母は最後には泣き出してしまった。

「ごめん……」

申し訳ないと、心から思う。

猛反対を押し切って、神奈川県警を受験した結果がこれだ。父は正しかったのかもしれない。大学に進学して民間企業に就職していれば、こんなことにはならなかった。

潤が高校卒業後に送った一年間の浪人生活は、公務員試験のための浪人ではなく、大学受験のための浪人だった。少なくとも、両親はそう思っていた。

潤がバイク好きになったきっかけは、実家の近くにあったバイクショップだった。幼馴染《おさなな じ》みの友人の父が営んでいた店だ。

住居兼店舗の軒先にはつねに同好の士が集い、わいわいと楽しそうだった。休日になると仲間とつるんでツーリングに出かけるという店主は、日に焼けた精悍《せいかん》な顔つきをしていて、人生を謳歌《おうか》している印象だった。いっぽう、潤の父は実直を絵に描いたような銀行員で、つねにしかつめらしい顔をしている人だった。年齢はほぼ同じなのに、自分の父のほうがひと回りも年嵩《としかさ》に見え、授業参観が恥ずかしかった記憶がある。

中学三年生のとき、高校には行かずにオートレーサーになりたいと両親に相談した。バイクに乗る仕事をするためには、高校の三年間が無駄な遠回りに思えたのだ。そのときは反対されたというより、ひたすら父に叱責されて終わった。

高校生のときに見つけた白バイ乗務員という目標は、自分の夢と両親の価値観とのギャップを埋める、上手い落としどころのつもりだった。なにしろ身分は公務員なのに、毎日バイクを乗り回すことができる。

だがこれにも、父の許しは下りなかった。

潤はいくつかの大学を受験し、そのすべてに落ちた。両親は嘆いたが、潤には当然の結果だった。最初から受かる気などなかったのだ。

潤は予備校に籍を置きながら、ひそかに神奈川県警に出願した。地元埼玉を避けたのは、父との関係がこじれるだろうと予想したからだ。

はたして、予想通りになった。いまではたまに帰省しても、父と言葉も交わさない。板挟みになる母を困らせるのも申し訳ないので、必然的に帰省する機会も減る。

「これからどうなるの」

母が鼻を啜《すす》る。

「わからない。数日のうちに処分が決定するらしいけど」

「処分って、あなた……」

言葉の重さにおののいたようだった。

「大丈夫。もし警察辞めることになっても、実家には戻らないから」

「そういうことを心配しているんじゃないわよ。もう……」

母はまた泣き出しそうだ。

「もう、切るから」

「なにかあったらすぐに連絡してね。約束よ」

何度も念を押してくるのを、はいはいと流して、電話を切った。

スマートフォンを放り出して、ふたたび横になる。

『赤べコ』を駆る少女の後ろ姿が、脳裏に甦った。

処分は関係ない。

私が死なせた。

潤にとって、それはもはや既成事実だった。

上層部がどういう判断を下そうと、たぶん辞めることになるだろうなと、潤はどこか他人事《ひとごと》のように思った。

5

「安全運転でお願いしますね」

笑顔で敬礼してみたが、原付バイクの違反者から返ってきたのは、冷たく鼻を鳴らす音だった。

原付バイクは右ウィンカーを点滅させながら車道に入り、走り去っていく。

その姿が消えるまで見送り、木乃美は自分の頬に両手をあてた。強引に笑顔を作ったせいか、引きつった頬の肉が小刻みに痙攣《けいれん》している。

「なんなんだろ、この仕事……」

頬の肉を下に引っ張ったブルドッグのような顔で振り向くと、白バイの向こうに青木が立っていた。慌てて頬をぱちぱちと叩き、表情を引き締める。

「あの、これは……奇遇ですね」

でもない。以前に青木と出くわした漁場だし、青木はこの近くのアパートに住んでいると言っていた。

「おはようございます。また来てくれたんですね。しばらくいらっしゃらなかったから、もしかしたら僕がよけいなことを言ったせいかなと、気になっていたんです」

青木はにっこりと微笑んだ。

「関係ありません。仕事……ですから」

そうは言うものの、心のどこかで、青木と出会えるのを期待する自分がいたことは否定できない。このところ、嫌なことが立て続けに起こって気も滅入《めい》りがちだ。分駐所の空気もこころなしか重苦しい。警察官でない人間と話したかった。

「コーヒーありがとうございました。とても美味しくいただきました」

「そんなお礼言われるほどのものじゃ……そこの自販機で買ってきただけですからね」

青木が指差した先には、たしかに自動販売機があった。

「今日も飲みますか」

「いえ。けっこうです」

両手を突き出して固辞すると、青木が笑った。

「本田さんは真面目《まじめ》な人だな。警察官は天職ですね」

「そんなことありません」

「そうやって謙遜するところがすでに、真面目さの表れだと思いますよ」

「真面目にやっても、駄目なものは駄目なんですよね」

妥協と諦め——坂巻は正しい。つい吐息が漏れた。

「どうしたんですか。大丈夫ですか」

心配そうに覗き込まれ、はっと我に返る。

「な、なんでもありません。ごめんなさい」

「なにか、悩んでそうな感じだけど」

ぶんぶんとかぶりを振り続けていると、青木がしみじみと呟いた。

「たしかに、真面目にやっても報われないことばかりですよね」

きょとんとする木乃美に、青木は弱々しく微笑む。

「僕、大学院である研究をしているんです」

どんな研究なのか訊ねようと思ったが、やめた。大学院の研究なんて、聞いたところで理解できないだろう。

「すごいんですね」

「すごくないよ。ぜんぜんすごくない」

否定する青木は、謙遜しているわけでもなさそうだった。

「昔は、それこそ将来はノーベル賞受賞者になる、というぐらいに、自信を持っていました。だけど大学に入って、院に進んで、すごい人ばかりが集まっている場所に行くと、自分が何者でもない、平凡な人間だと気づくんです。モノが違うやつというのは、本当に最初から発想そのものが他人とは違うんです。そういうやつがさらに努力を重ねるから、平凡な人間が追いつけるはずがない。そう気づいたときには莫大《ばくだい》な時間や労力を注ぎ込んだ後で、いまさらまったく別の分野の可能性を追求することもできなくて……」

どの業界でも同じなのだなあと、木乃美は思う。

固有名詞を入れ替えれば、まるっきり木乃美の心境に当てはまるではないか。

そう考えると、目の前の人間を元気づけなければという、妙な使命感が湧いてきた。

「なんか……私と同じです。青木さん」

「そう、なんですか」

「頑張りましょう」

木乃美はこぶしを握り締め、ファイティングポーズをとった。

「本田さん……」

「頑張るしかないんです。だっていまさら戻れないから。才能が足りないのわかっても、過去に戻ってやり直しなんてできないから。だからこの場所にしがみついて、ここが自分の居場所なんだって、嘘でもいいから信じ込んで、一生懸命にやるしかないです」

青木にたいする以上に、自分への励ましだった。

「ありがとう!」

「えっ……」

青木に両手を握られ、全身が石になった。

そのとき、ＣＢ１３００ＰがＴ字路を左折で進入してくる。山羽だった。

慌てて青木を振りほどき、意味もなくシートを撫でる。

「あ……お疲れ様です」

いま気づいたふりで振り返ると、山羽は警戒する足どりで近づいてきた。

「もしかして、お邪魔だったか」

木乃美と青木を交互に見る。

「そんなことありませんよなんですかそれ」

不自然な早口が、逆に疑惑を確固たるものにしたらしい。満面の笑みになった山羽が、青木に頭を下げる。

「はじめまして。本田の上司の山羽です。いつもうちの本田がお世話になっています」

「班長。やめてください」

追い返そうと両手を広げたが、ヘルメットを押さえつけられた。

「こいつ、いいやつなんですよ。顔とか体型はリアルゆるキャラだし、性格的には天然で抜けたところはあるし、仕事も一人前にはほど遠いけど」

もうちょっと上手い褒め方があるだろうに。

振り返ると、青木はどう反応したらいいのかわからないという感じで、ぎこちなく微笑んでいる。

「すみません。青木さん」

「だ、大丈夫です」

「本田。おまえ、あっちに行け」

山羽から軽く肩を押されたので視線を戻すと、山羽はスマートフォンをかまえていた。

「なにしてるんですか」

「せっかくだから2ショット写真撮ってやる。彼の隣に行け」

しっ、しっ、と手で追い払われる。

「行きません」

スマートフォンを持つ山羽の手首を摑んで下ろした。

「本田さん。僕はこのへんで。お仕事の邪魔して、すみませんでした」

「いえ。邪魔だなんて」

「本田さんの言葉を胸に、頑張ります」

そそくさと歩き去る青木に、山羽が手を振る。

「今後ともうちの本田を、本田木乃美をよろしくお願いします」

「やめてください」

選挙かよ。

そのとき、木乃美のスマートフォンが振動した。ポケットから取り出してみると、山羽からメールが届いている。

メールには、青木のバストアップ写真が添付されていた。

「プレゼントだ」

「なんですかこれ。いつの間に写真撮ってたんですか」

「シャッター音を小さくするアプリがあるんだ」

山羽がなぜか声を潜め、耳打ちしてくる。

「盗撮ですよ」

「いいぜ。彼を追いかけて捕まえて、被害届出させろよ」

胸を張って開き直られ、木乃美はやれやれと肩をすくめた。

「ところでどうしたんですか。いったい」

無線か電話でもよさそうなものなのに。

木乃美に水を向けられ、山羽は用件を思い出したようだった。

「ああ、そうだ。電話してもよかったんだが、ちょうど近くにいたもんでな。もしかしたらこの漁場にいるかもしれないと思って、来てみたんだ。ついさっき、九鬼から連絡があった」

木乃美は弾かれたように顔を上げた。

「どういう連絡だったんですか」

「九鬼のやつ、元幹部連中に連絡をとって、狂走連復活の動きについて探りを入れてくれていたようなんだが、元幹部の一人が、興味深い情報を挙げてきたらしい。石川町《いしかわちょう》でバーを経営している長妻《ながつま》という、おれもよく知っている男だが、詳しくはそいつに直接聞いて欲しいということだ。今夜にでも訪ねてみようと思うが、おまえも行くか……あ、でも駄目か。彼とデートだもんな」

「そんなことありません！」

「本当に？　無理しなくたっていいんだぜ」

山羽は目を逆さ三日月のかたちにする。

「大丈夫です。ぜんぜん大丈夫。行きます」

頷きが勢い良すぎて、木乃美のヘルメットのシールドがかぽん、と落ちた。

6

そのバーは、石川町の繁華街の外れにあった。

雑居ビルの地下へ続く階段をおり、年季の入った木の扉を開く。

カウンターのみ十席ほどの、狭いショットバーだった。先客は木乃美と同世代くらいの若い女性二人組のみ。ホストのように髪を盛ったバーテンらしき男と、カウンター越しに会話している。もう一人、カウンターの中にいたオールバックの髪型をした男が、「いらっしゃいませ」と顔を上げ、あっという表情になった。

「山羽さんじゃないか」

「久しぶりだな」

どうやらこのオールバックが、横浜狂走連合元幹部の長妻らしい。

「わざわざ会いに来てくれるなんて嬉しいな」

「久々におまえの顔を見たくなった……ってわけでもないけどな。申し訳ない」

「知ってる知ってる。九鬼ちゃんから話は聞いてる。それでも嬉しいよ」

長妻から席を勧められ、二人はスツールに腰かけた。

「なににする」

「おまえがシェイカー振るのか」

「もちろんだよ」

「なら任せる。おれにぴったりのカクテルを作ってくれ」

「任せといてよ。えっと……」

長妻の視線がこちらを向いたので、木乃美は自己紹介した。

「本田です」

「本田、なにちゃん？」

「木乃美です」

「木乃美ちゃんか。かわいい名前だね。オッケー。木乃美ちゃんはなににする」

「お任せで、お願いします」

長妻が作業に取りかかる。鮮やかなシェイカー捌《さば》きに目を奪われて、あっという間だった。

「お待たせ」

山羽には水色、木乃美にはピンクのカクテルが差し出される。

早速、口をつけてみた。

「美味しい」

口当たりがよくて、さっぱりしている。これなら何杯でもいけそうだ。

「どれ、おれにも飲ませてみろ」

木乃美からカクテルグラスを奪った山羽が、ピンクの液体を舐める。

しばらく斜め上を見上げ、味を吟味するような顔をしていたが、やがてグラスを傾け、木乃美のカクテルを飲み干した。

「なにするんですか！」

「これは強すぎる。こんなん飲んでまた泣き出されたら困る」

「へぇーっ、木乃美ちゃん、泣き上戸なの」

木乃美の「違います」と山羽の「そうだよ」は同時だった。

「もっと弱いやつを出してやってくれ。なんならアルコールなしのホットミルクでもかまわない」

「そんな……」

「なんだよ。山羽さんのためにレディーキラーカクテルを用意したのに」

企《たくら》みが空振りに終わり、長妻は残念そうだ。

「そんなお節介はやめてくれ。こいつが酔いつぶれたところで誰も得しない」

「山羽さんって軽そうに見えて、変なとこで真面目なんだよ」

木乃美のほうを向いた長妻が、鼻に皺を寄せる。

「真面目とか不真面目とかじゃない。おれにはロリコン趣味はないってだけさ」

木乃美が横顔を睨んでも、山羽は涼しい顔で自分のカクテルを飲んでいた。

「あれ……最愛の未来《みらい》ちゃんとは、けっこうな年齢差じゃないか」

長妻が意味深な笑みを浮かべる。

「誰ですか。未来ちゃんって」

木乃美が身を乗り出すと、「彼女だよ」と長妻が答えた。

山羽は余計なことを言うなという感じに、じろりと長妻を見上げるが、否定する気はなさそうだ。

「山羽さん、彼女いたんですか」

初耳だった。

「それぐらいいるさ。言っただろ。おれはモテるために白バイ隊員になった。男の白バイ隊員はモテるんだ。女は逆だろうけど」

むっとする木乃美を尻目に、山羽は長妻に訊いた。

「ところで、横浜狂走連合復活の動きについて、興味深い情報があるという話だが」

「ああ、それな。詳しい話はうちのバイトから聞いてくれ」

長妻は女性客と談笑している盛り髪の男に「おい、鳥井《とりい》」と呼びかけた。

鳥井と呼ばれた男が、女性客たちに手刀を立てて話を打ち切り、こちらに歩いてくる。

「こちらが神奈川県警の山羽さんだ」

「ああ。鬼の一交機っすね。はじめまして。鳥井っす」

長妻から話を聞いているらしく、鳥井は最初から親しげだった。木乃美を見るや、

「かわいい子発見」などと口走り、長妻に頭を叩かれる。

「調子のいいことばっかり言ってるんじゃないよ。おまえは」

「本当のこと言ってるだけですよ。最近は白バイ隊にも、こんなかわいい子がいるんだなって、びっくりしたから。実はさっきまでおれが話していたあの子たち、消防士らしいんですよ。女性消防士」

「そうなのか。消防士にも綺麗どころがいるんだな」

長妻が意外そうに女性二人組を見た。

「蘭《らん》ちゃんと美樹《みき》ちゃん」

鳥井に紹介され、二人は目礼を寄越してきた。

「ところで例の話、山羽さんにしてやってくれないか」

わかりました、と笑顔で応じ、鳥井は話し始めた。

「つい三日ぐらい前かな、ここでのバイトを終えて、家に帰る途中の深夜というか、もう朝方だったんすけど、酔っぱらって喧嘩してるやつらがいたんです。場所は、ガストの前あたりだったかな。三人対三人ぐらいで、てめえらぶっ殺すぞぐらいに凄《すご》み合ってたから、どうなるのかなって思って、おれも立ち止まって遠くから見てたんです。結局、すぐにオマワリが……」

そこまで言って、相手も「オマワリ」だと気づいたらしい。言い直す。

「警察が来たから、たいしたことにはならなかったんですけど、そのときの話をオーナーにしたら……」

「その、凄み合ってるときに言ってた内容が問題なんだ」

長妻に顎でしゃくられ、鳥井は続ける。

「ボケとか殺すぞとか、お互いにいろいろ言ってはいたんですけど、そのうちの一人が、自分は横浜狂走連合だ、とか言い出して」

木乃美と山羽は、互いの顔を見合わせた。

「横浜狂走連合を敵に回したら、実家まで押しかけて家族までボコボコにするぞとか、人生めちゃめちゃにするまで追いまわされっぞとか、えらい吹かしコイてたから、ウケると思ってオーナーにその話をしたんですよ。まさかオーナーがその元暴走族とは知らなかったんですけど」

「隠してたつもりはないけどな。昔やんちゃでしたアピールほど、ダサいものはないだろ。だけどおれらは喧嘩上等で、それこそヤクザを向こうにまわしたって一歩も退かなかったのはたしかだが、相手の家まで押しかけて、家族に危害を加えるような卑劣な真似は、ぜったいしなかった。だからその話を聞いて、そいつは偽物だと直感したよ。狂走連の名を騙って、ハッタリかましてるんだって」

　山羽がカウンターに肘をつき、顔の前で手を重ねる。

「その、狂走連の名前を出していたやつの特徴を教えてくれないか」

「腕に、けっこう派手にトライバル柄のタトゥーを入れてました。葉っぱみたいなやつです。あとは……いつも黒いニットキャップをかぶっているイメージかな」

「いつも？」

　山羽が眉根を寄せる。

「そいつのことを、知ってるのか」

「知ってるっていうか、別に知り合いとかじゃないですけど、よく行くクラブでたまに見かけてはいました。なにしろ見た目いかついから、印象に残るんすよ」

「そのクラブの名前を、教えてくれないか」

「『クラブY』っていう店です」

横浜だからYらしいですよと、どうでもいい情報を挟む。

「ここから歩いて四、五分もかからないんじゃないかな。近いっすよ。案内しましょうか」

「いや。ありがたいけど、店の名前さえわかれば大丈夫だ」

だが鳥井はすでに、カウンターから出ようとしていた。

「使ってやってくれ。ニットキャップとタトゥーって情報だけじゃ、簡単には見つからないだろう」

長妻も背中を押す。

「悪いな、長妻」

「いいんだ。おれとしてもどういうことなのか気になるし、なにより、少しでも山羽さんの役に立てるなら、こんなに嬉しいことはないよ」

元総長の九鬼と同じく、長妻も山羽にたいして並々ならぬ恩義を感じているらしい。

「ありがとう。それじゃあ、少しお借りするよ」

「鳥井。しっかりやって来いよ」

「任せてください」

　鳥井が調子よく自分の胸をこぶしで叩き、入り口の扉を開いた。

「じゃあね。蘭ちゃん、美樹ちゃん。本当にこんど電話ちょうだいよ」

　女性客二人組に手を振る、指をひらひらとさせる仕草がすでに軽薄だ。

　そして山羽に続いて店を出ようとしたとき、ごく自然な流れで腰に手を添えてエスコートしてくる鳥井の動きに、二度とバーテンダーとは付き合うまいと、木乃美は固く心に誓った。

7

『クラブY』は元町《もとまち》商店街から一本裏道に入った、ビルの四階にあった。

　エレベーターは四階に停まらないようになっているらしく、三階からは非常階段を使った。途中の踊り場には、派手な服装の若い男女がたむろし、必要以上の大声でお喋りに興じている。階段の途中には、下着も露わなミニスカートの女が、壁に頭をもたせかけてぐったりと座り込み、男に介抱されていた。

勝手知ったる雰囲気で入り口を通過する鳥井に続こうとしたが、扉の脇に控えていた屈強そうな大男に止められた。

「あれ……ジュンヤ、ここドレスコードないはずでしょ」

引き返してきた鳥井が、ひょっこりと顔を覗かせた。行きつけだけあって、大男とも顔見知りらしい。

「そうだけどよ……」

ジュンヤと呼ばれた男は、山羽と木乃美に無遠慮な視線を投げかける。ドレスコードは設けていないが、あまりに場にそぐわない二人だと言いたいのだろう。たしかに階段にたむろしていた人種と比べると、山羽は雰囲気が硬すぎるし、木乃美は地味すぎる。

「おれの連れだから、別にいいだろう」

鳥井を見るジュンヤの顔には「どうしておまえが、こんなダサい二人と知り合いなんだ」と書いてあった。

「店に迷惑はかけないからさ。いいよな」

なかば強引に通過し、受付で入場料を払って店内に入る。

フロアに足を踏み入れると、いちだん空気が薄くなったような気がした。大音量の音楽に合わせて、暗闇に無数の光線が躍り、その光線に操られるように人混みが揺れている。薄く煙っているように見えるのは煙草《たばこ》の煙か、それとも蒸発した汗だろうか。

「これは人探しも大変だな」

あまりの人いきれに、山羽は笑うしかないといった様子だ。

まずは鳥井に、目当ての男の特徴を確認した。身長は一七五センチぐらい。ニットキャップを、眉毛が隠れるぐらいまで深くかぶっている。タトゥーは腕に植物の葉が巻きつくようなデザインのトライバル柄で、左腕か右腕かは忘れたが、肩から手の甲にまで及んでいるという。人相は知らなくとも、それだけ特徴があれば見つけられそうだ。

「手分けして探しましょう。誰かが見つけたらすぐに連絡を取り合えるように、スマホはバイブにして、鳴っても気づかないことがないように」

妙に手際よく仕切る鳥井に、わずかでも頼もしさを覚えたのが間違いだった。

それぞれ別方向に散って捜索するはずが、鳥井は木乃美についてきた。

「やっぱりこういうところで女の子一人にしとくのは、危ないからね」

初対面の女性の肩をさりげなく抱きながら言っても、まったく説得力がない。

山羽の姿を探したが、人混みに紛れてすでにどの方向にいるのかもわからない。

「木乃美ちゃんてさ、休みの日とか、なにしてんの」

「いま、そういう話は……」

「おれ、フットサルやってんだ。こんど試合あるんだけど、観に来る?」

「ちゃんと探さないと」

木乃美は肩から手を剥がそうとし、鳥井は肩を抱こうとする。端から見るとぐるぐるとダンスを踊っているように見えなくもない動きだった。

「わかってるって。ちゃんと探すよ。ただあまり不自然だと、怪しまれるじゃん。カップルを装って場に馴染まないと」

そんなものだろうか。

と、説得されそうになった自分の馬鹿さ加減に腹が立った。

馴れ馴れしい手を、肩から叩き落した。

「やめてください。カップルを装う意味がわかりません」

「だから怪しまれないように……」

「別に怪しくなんかありません」

「どうしちゃったのさ」

「3Bは無理なんです！」

「3Bってなに？　わからないからゆっくり教えてよ」

なおも近づいて来ようとするので、ハンドバッグを振り上げて威嚇した。

鳥井が両手を上げて降参する。

「わかったよ。触らないから」

「本当に存在するんですか。ニットキャップにタトゥーの男なんて」

「そこから疑う？　いくらなんでもそりゃ酷《ひど》いよ」

さりげなく肩に触れようとしてきたので、「近づかないで！」と後ろに飛びのいた。その拍子に、後ろを歩いていた誰かにぶつかってしまう。

「ごめんなさ……」

振り向こうとして絶句した。

木乃美がぶつかった相手は、まさしく黒いニットキャップをかぶり、左腕にタトゥーを入れていたのだ。

自分の顔をじっと見上げられ、ニットキャップの男は不快そうに鼻に皺を寄せる。

「なんだ」

「あ……ごめんなさい」

男は舌打ちをして去っていった。

鳥井を見ると、小刻みな頷きが返ってきた。あの男で間違いないようだ。

見失わないように男の後を追いながら、スマートフォンを操作して山羽を呼び出した。

「どうした」

「いました。ニットキャップにタトゥー」

「本当か。いま、どのあたりにいる」

「えっと……柱。柱のそばにいます」

人混みに見え隠れするニットキャップを追って、懸命に人波をかき分ける。

「柱って……柱は何本かあるじゃないか。もっとわかりやすい目印はないのか。DJブースはどっちに見える」

「DJブースですか」

視線を横に滑らせたそのとき、視界の端でニットキャップの男が駆け出した。

「あっ、逃げた！」

「なに？　どこだ、本田！」

答える余裕はない。人と人との隙間に身体を滑らせながら、ニットキャップを追う。

「木乃美ちゃん！　待ってよ！」

鳥井の声を置き去りにした。

やがてニットキャップの男は、フロアを飛び出していった。

「外に出るみたいです！」

スマートフォンで山羽に報告する。

「おれが行くまで待て！」

そんな悠長なことを言っていたら逃げられてしまう。山羽の指示を無視して、木乃美もフロアを飛び出した。受付を通過し、非常階段に出る。

下のほうから、慌ただしく階段を駆けおりる足音が聞こえた。

木乃美も階段をおりて外に飛び出すと、ニットキャップの男が一〇メートルほど先でこちらを振り返った。追ってきやがったかという感じに眉根を寄せ、ふたたび走り出す。

スマートフォンから山羽の声が聞こえる。「どこだ！」とか「どうした！」とか、叫んでいるようだ。答えたくても、いまは全力疾走中だ。

ニットキャップの男は追っ手を撒《ま》こうとするが、体力と根性なら負けない。木乃美も懸命についていく。

やがて男の走りが乱れてきた。しきりにこちらを振り返りながら、まだついてくるのかという感じに、うんざりと天を仰ぐ。

四つ辻《つじ》に差しかかった男が立ち止まり、どちらに進むか迷う素振りを見せた後、右に曲がった。それを追いかけて木乃美も右折する。

が、次の瞬間、背後から首に腕を巻き付けられ、身体が宙に浮いた。待ち伏せされていたらしい。

電話口からはなおも山羽の呼びかけが聞こえるが、口もとを絞め付けられて声が出せない。

「なんなんだよ、おまえは。何者だ。なんでおれをつけ回す」

腕をばたつかせてもがいても、まったく拘束が緩む気配はなかった。次第に意識が遠のいてくる。

そのとき、意識の隅に山羽の声が聞こえた。

「なにやってんだ！」

電話越しの音声ではない。遠くから足音も近づいてくる。

解放され、木乃美はその場に崩れ落ちた。ようやく流れ込んでくる酸素に、肺が喘《あえ》ぐ。

「大丈夫か！」

駆け寄ってきた山羽が、木乃美を支えるように肩に手を添えた。

「大丈夫。そんなことより……」

咳込《せきこ》みながらニットキャップの男が逃げた方向を見ると、男はちょうど横断歩道を渡り終えたところだった。車道側の信号が青になり、動き始めた車列が、男の姿を目隠しする。

いったんは立ち上がって男を追いかけようとした山羽だったが、これ以上の追跡は無理だと判断したらしい。木乃美の脇に手を入れて腕を掴み、立たせようとする。

「まったくおまえは。一人で追いかけて行って、どうするつもりだったんだ」

かりに相手を追い詰めたところで、腕力に訴えられたらどうしようもない。そんなことにすら、考えが及ばなかった。

「すみません」

「そうやって後先考えずに行動してしまうところ、本当に川崎と似てるよな」

意外に思って山羽を見ると、やけに嬉しそうだった。

「正反対なところもあるけど、実はけっこう似てるとこも多いよ、おまえたち二人は」

二人で『クラブY』のほうへ引き返していると、途中で鳥井と出くわした。

「あれ、逃げられちゃったんすか。ってか木乃美ちゃん、一人でさっさと行っちゃうから、心配したよ」

鳥井は本気で心配そうだ。根は悪い人間ではないのだろう。3Bなだけだ。

「それにしても、どうしてあいつ、急に逃げ出したりしたんだ」

山羽が首をひねる。その点は、木乃美も疑問に思っていた。現時点で、なんらかの犯罪行為が存在するわけでもない。山羽と木乃美があの男に接触しようとしたのは、七年前に解散した暴走族の復活の真実味を探るためだ。その暴走族にしても、実際に暴走行為等が確認されたわけでもない。山羽や木乃美を警察と見抜いたとしても、それほど神経質になる必要があるとは思えなかった。

鳥井が提案する。

「いったん『クラブY』に戻ってみませんか。常連には友達もけっこういるから、あいつのことを知ってるやつも、いると思うんです」

「そうだな。せっかくだから、お願いしようか」

山羽に訊かれても、木乃美は素直に厚意として受け取ることができなかった。また妙なことを企んでいるんじゃないか。

「大丈夫。もうなにもしないよ」

言ったそばから肩を抱こうとしてくる。

「なんだ、おまえら。なにかあったのか」

山羽が含み笑いを浮かべる。

「なにもないです」

「いまのところはね」

「いまも、これからも、なにもないです。3Bとは」

肩を抱く手を避けるようにして、早足で歩き出した。

「3Bってなんだ。金八《きんぱち》先生か」

山羽がとんちんかんなことを言い、鳥井が叱られた子供のように肩をすくめた。

8

鳥井は今度こそしっかり協力してくれるつもりらしい。

SNSで呼びかけ、ニットキャップの男に見覚えがあるという中で、ちょうどいま『クラブY』にいるという友人たちを店から連れ出してきた。木乃美と山羽は、三階の廊下で待ち受けている。

男が一人と女が二人。男のほうは鳥井に雰囲気の似た盛り髪で、女は一人が茶髪、もう一人が黒髪を複雑に編み込んでいる。三人とも、十八歳に達しているか怪しい雰囲気だったが、そういう詮索は厳禁というのが、鳥井の出した条件だ。

「こいつがテツオ、そんで彼女がミッキー、こっちがユウコリン」

盛り髪の男、黒髪編み込みの女、茶髪の女と順に示しながら、鳥井が紹介する。

相手が警察とあって、三人とも警戒しているようだ。

「おれは山羽。世界の山ちゃんって呼んでくれ」

山羽渾身《こんしん》のご機嫌取りも、アイスリンクのスケーター並みに滑っている。

「本田です。よろしくお願いします」

先人の失敗を踏まえ、木乃美は正攻法で挨拶した。

「三人とも、あのタトゥーの男のこと、知ってるんだよな」

鳥井が三人を見る。

「タカシさんのことだろ」

そう言ったのは、テツオだった。

「あの男は、タカシっていうのかい」

山羽が訊いた。

「本名かどうかは知らないよ。そう名乗ってたってだけで。横浜狂走連合とかいう暴走族の名前出して、おれの号令で千人動くとかなんとかイキってる、ニットキャップにタトゥーの男といえば、あの人だよね」

テツオが言い、ほかの二人も頷く。

「あたし、その横浜狂走なんとかのステッカーもらった」

「あたしも。すぐ捨てちゃったけど」

山羽が質問を続ける。

「その、タカシとはどういう知り合いなんだい」

「知り合いっていうか……」

「別に知り合いじゃないよね。声かけられただけだもん」

ミッキーとユウコリンが口々に言う。

木乃美と顔を見合わせてから、山羽は訊いた。

「声をかけられたって、どういうこと？」

「誘ってくるんだよ。ハーブやらないかって」

テツオが答える。

「そうそう、あたしもおんなじ」

「ハンパなくぶっ飛ぶ経験したくないか……ってさ。いかにも怪しいよね」

二人の女が同調した。

「それ、ハーブを売ってるってことですか」

今度は木乃美が質問した。

三人は一様にかぶりを振る。

「違う。お金じゃ売れないとか、もったいつけてた」とユウコリン。

「あたしのときもそう！　なんか、仕事をするのが条件って言ってなかった？」

ミッキーの話に、テツオが同意する。

「おれもそれ言われた。なんの仕事か聞いても、教えてもらえないの。ただ、そんなに難しい仕事じゃない。仕事をするって約束してくれれば、ハーブを渡す、って」

「ハーブか……あいつが逃げ出したのは、そういう理由らしいな」

山羽が虚空を見つめながら、顎を触る。

「いわゆる危険ドラッグ、ということですよね」

木乃美は確認した。

改正薬事法によると、指定薬物の所持、譲渡、使用で、三年以下の懲役もしくは三百万円以下の罰金またはこれらの併科だ。

すると、ユウコリンがかぶりを振った。

「違うって」

「違う？　なにが」

鳥井は不審げに眉根を寄せる。

「違うんだよ。ねえ」

ミッキーにバトンタッチする。

「うん。違うって言ってた。ハイパーミントは危険ドラッグじゃないから、ぜったいに警察には捕まらないんだって」

「ハイパーミント？　それが、タカシの持ってるという危険ドラッグの名前なのか」

聞いたことない名前だ、という目配《めくば》せが、山羽と木乃美の間で交わされた。危険ドラッグの通称や隠語は数限りなくあるので、もともとあるものを呼び替えただけかもしれないが。

テツオが言う。

「タカシさんが言うには、万が一、ガンギマリしてるときに職質とかされて、尿検査やらなんやらで調べられても、ぜったいに反応が出ないんだって。証拠がないからには、ぜったいに逮捕されない。だから、危険ドラッグとは違うんだってさ」

「それって……」

木乃美は息を呑んだ。

明らかに挙動不審だったにもかかわらず、アルコールや薬物の反応がいっさい出なかったというケースを、知っている。

山羽の顔を見ると、同じことを考えているのがわかった。

3rd GEAR

1

二日後の週休日。

木乃美は京急本線鶴見市場《いちば》駅の改札前にいた。

白バイの追跡から逃れる途中に転倒事故を起こして亡くなった、滝川まどかの自宅を訪ねるためだった。

『クラブY』に出入りしていたタカシは、ハイパーミントなる危険ドラッグの一種と思われるものを餌に、若者になにかをさせようとしていた。タカシに勧誘された若者たちの話を聞いて木乃美が真っ先に思い浮かべたのは、滝川まどかが事故を起こした状況だった。

警官から職務質問を受けるほど挙動不審であった上に、恐怖心の麻痺《まひ》したような危険な運転をしながら、滝川まどかの遺体からはアルコールも薬物も検出されていないという。もしかして事故を起こした当時、滝川まどかはハイパーミントを使用していたのではないか。

鳥井の友人たちはタカシの誘いを断ったため、ハイパーミントを手にしてはいない。そのためハイパーミントの正体も、横浜狂走連合の実態もわからない。タカシの素性について詳しく知る人物はおらず、そもそもタカシという名前が本名なのかも定かではない。木乃美や山羽に追われた経緯から、しばらくは『クラブY』に顔を出すこともないだろう。

となると、滝川まどかの線を探ってみるしかなかった。

娘を亡くして間もない――それも、おそらくは白バイの追跡が原因と思っているであろう――親のもとを訪ね、娘の死の原因が危険ドラッグの吸引にあった、つまりは自業自得な部分もあったと証明しようというのだから、拒絶される可能性のほうが高い。弥《いや》が上にも緊張が高まる。

もちろん、今日の木乃美は全身黒のスーツで固めていた。

山羽もスーツ姿で、待ち合わせ時間より早くに現れた。

改札を通過する山羽に歩み寄り、挨拶より先に訊いた。

「どうでしたか」

山羽はしかめっ面を左右に振った。

「駄目だ。電話に出てくれない」

いきなり押し掛けるのも失礼だということで、山羽は何度か滝川まどかの自宅に電話していた。昨夜の段階でも連絡がつかず、今朝、自宅を出る前にもう一度電話してみるという話をしていたが、駄目だったか。

「警察を憎んでいるんでしょうか」

「まあ、当然そうだろうな。本部が、謝る気はないって公式に発表しちゃったわけだから」

火種が燃え広がる前に、という意図もあったのだろう。潤への聞き取り調査を終えた神奈川県警本部は、早々に記者会見を開き、白バイ隊員の判断は適正であったとの公式見解を発表している。

にもかかわらず、いまだに潤の自宅待機が解けないのは納得いかないが。

ともかく、事前に訪問の許可をえることは叶わなかった。わざわざ怒鳴られに行くのかと思うと、憂鬱にもなる。

駅から東に歩いて、第一京浜道路を渡った。

十五分ほど歩いた住宅街に、その家はあるはずだった。

「あの角を曲がったら、そうです」

スマートフォンに表示された地図を見ながら、前方の四つ辻を指差した、そのときだった。

「帰れ！　この人殺しが！」

怒声が飛んできて、木乃美は両肩を跳ね上げた。

ちょうど目的地の方角だ。

木乃美は小走りで四つ辻に向かい、曲がり角から顔を覗かせたかと思うと、即座に顔を引っ込めた。

「どうした……」

後ろから覗き込もうとする山羽の口を、とっさに手で塞ぐ。

「お願いします。お線香だけでも」

懇願する声を聞いて、山羽も気づいたらしい。

滝川まどかの自宅の前には、潤がいたのだ。

黒いスーツに身を包んだ潤が、頭を下げている。

「なんでのこのこ線香なんか上げに来た！　おまえら警察は、自分たちに責任はないって思ってるんだよな。うちの娘が死んだのは、自業自得だって！」

ブロック塀の陰に身を潜めながら、木乃美は心臓が締め付けられるようだった。潤が謝ってしまうのではないかと、恐くなったのだ。もしそんなことをすれば、いち白バイ隊員が、警察としての公式発表とまったく逆の立場を表明することになる。それはきっと、組織としては小さくない問題だ。

だが、聞こえてきたのは潤ではなく、男の罵声だった。

「おまえなんかに線香上げられたって、まどかが喜ぶわけないだろうが！　それともあれか。表向きは責任がないって言い張ってるけど、罪の意識に苛《さいな》まれて、許しを請わずにおれなくなったか！」

「お願いします」

「謝る気はあるのか」

お願い。謝らないで。木乃美は心で念じる。

「……お願いです」

ほっと安堵《あんど》の息が漏れた。

「帰れ！　二度と来るな！」

「お願いします」

「消えろ！　その汚いツラを見せるんじゃねえ！」

引き戸が乱暴に閉まる音。

そっと覗き見ると、潤はうつむいたまま立ち尽くしていた。

「出直したほうがよさそうだな」

隣で山羽がぼそりと呟く。

出直してどうにかなるレベルの怒りかどうかはさておき、少なくとも今日のところは、引き下がるのが得策だろう。

「どうしますか。川崎さんは」

「えっ……班長は」

「見てみぬふりしたままというのもあれだしな……本田。おまえが慰めてこい」

「おれは帰る」

「どうしてですか」

「相手が二人だと、話しにくいこともあるだろう」

「それなら班長が行くべきじゃ……」

なんと言っても、直属の上司なのだから。

「おまえと川崎は同い年だし、同じ女だ」

「そんな無茶苦茶な……」

「あっ。福山雅治《ふくやままさはる》」と山羽の指差す方向を向いてしまった瞬間、しまったと思った。

別に福山雅治のファンじゃないのにっ——。

案の定、背中を押されて飛び出してしまう。

おっとっととクロールの動きで両手を動かしてなんとか転ばずに済んだが、潤には見つかってしまった。驚きに目を見開いている。

振り向くと、脱兎《だっと》のごとく走り去る山羽の後ろ姿が見えた。

「本田……さん？　なんでここに」

えへへ、と照れ笑いで誤魔化すしかなかった。

2

鶴見川の堤防を歩きながら、滝川まどかの自宅を訪ねるまでに至った経緯を、ついさっきまで山羽が一緒だったことだけを除いて説明した。

「だけど、まだ滝川まどかさんが危険ドラッグを使用していたって、決まったわけじゃないよね」

潤の表情は少しも晴れなかった。

「そうだけど……」

潤は堤防に腰かけ、川面《かわも》を見つめた。その潤の後ろ姿を、木乃美は見つめていた。

「どっちでもいい、正直。彼女が危険ドラッグを使用していようが、そうじゃなかろうが……私には、ドライバーの生命を預かる大切な仕事だという自覚が欠けていた。それが結局、あの事故に繋がったような気がしている。罰が当たったんだ」

振り向いた潤が、力なく唇の端を持ち上げ、自分の隣の地面をぽんぽんと叩いた。

隣に座れということらしい。

木乃美は潤の隣に並んで座った。

「なんか、本田さんにはつらくあたっちゃったよね。本田さんが一交機に来てから……いや、それよりもっと前の、訓練課程のときから。私はずっと嫌なやつだった。本田さん、私のこと、嫌いだったでしょう?」

ぎこちなく笑う潤に、木乃美は両手を振った。

「そんなことないよ。ぜんぜん。だって川崎さん、訓練課程のときから飛び抜けてたもん。訓練課程の同期で女って、私と川崎さんだけだったじゃない。最初はね、私、女が自分一人じゃなくてよかったって思った。でも、川崎さんは男子の訓練生に比べてもぜんぜん負けてなくて、むしろライディングだけなら男子を圧倒していて――」

ついに実車訓練となったとき、訓練生一同からどよめきが起こったのを、よく覚えている。そうやって「出る杭《くい》」になったせいか、教官は当初、潤にたいしてとくに厳しく接していた。だが最終的には、そんな教官の態度も変えてしまうほど、潤の運転技術は卓越していた。

「同じ女だけに、川崎さんを見ると逆に落ち込んだ。そんな川崎さんから下手くそな私を見たら、きっと苛々するんだろうなと思ったし……だから、嫌いだなんてぜんぜんないよ」

「私は嫌いだったよ、本田さんのこと」

直截《ちょくさい》な物言いに、さすがに木乃美の頬も強張《こわば》る。

「最初にライディングを見たときから、なんでこんな人が訓練生に推薦されたんだろう。こんな下手くそな人が現場に出たら、白バイ隊全員がなめられちゃうじゃないかって、ずっと思っていた」

反論の言葉も見つからず、木乃美は膝を抱えた。

「訓練課程のときの、最初の『引き回し』、覚えてる?」

「もちろん。あのときも、同期のみんなに迷惑かけた」

『引き回し』とは、バイクのエンジンをかけずに押して進む訓練だ。所轄署長の推薦を受けて晴れて訓練生に選ばれたからといって、すぐにバイクを乗り回すことができるわけではない。

訓練課程開始から数日は、筋力トレーニングと、スタンドを立てたバイクの上で同じ姿勢を保ち続ける乗車姿勢訓練、それと『引き回し』に終始した。

『引き回し』では、長さ二キロに及ぶ訓練コースを、重量二六〇キロの鉄のかたまりを押して進む。次第に車体が重く感じられるようになり、全身から汗が噴き出し、手足の筋肉が自らの意思とは関係なく震え始める。わずかな勾配すら急坂のように思え、ゴールがとてつもなく遠く感じられる。

木乃美は当然のように、ほかの訓練生から大きく引き離された。

先にゴールした訓練生とて、休んでいられるわけではない。地面に仰向けに寝転び、頭を地面から浮かせた『首上げ』の姿勢を保って、全員がゴールするまで待ち続けないといけない。訓練課程では、すべてが訓練生全員の連帯責任になる。

「一人だけすごく遅れてゴールしてたよね。五分や十分どころじゃなかったんじゃない」

「そうだった。申し訳ないと思ったんだけど」

身体がいうことを聞かなかった。

「ゴールした後、ほかのみんなにごめんなさいごめんなさいって謝ってまわっているところを見て、本当にむかついた。謝るぐらいなら最初からしっかりやれって思った」

なにも言えずに、木乃美はただうつむいていた。

「だけど私……嫉妬してた」

はっと顔を上げる。潤の横顔のまつ毛が、二度瞬《まばた》きした。

「私が持ってないものを持っている本田さんに、嫉妬してた。ほんと格好悪いよね」

「私、なにも持ってないよ。川崎さんみたいに、ライディング上手くないし」

「ライテクなんて、安全運転競技大会でしか使わないじゃない。技術が高いに越したことはないけど、実際の現場では、そんな極限のライテクを要求される場面なんて、ほとんどない」

「そうかもしれないけど、私は羨ましい。川崎さんのテクニック」

「私だって、本田さんが羨ましい」

「私のなにが羨ましいの」

驚いた。なにかの冗談だろうか。

「『引き回し』で大幅な遅れをとってみんなに迷惑をかけた本田さんを、誰も責めなかった。あのとき、みんなヒイヒイ言いながら『首上げ』してるのに、遅くなった本田さんに文句を言うやつは一人もいなかった。みんな心から、本田さんのことを応援してた」

言われてみれば、連帯責任で迷惑をかけまくったにもかかわらず、訓練同期から文句を言われた記憶はない。記憶に残っているのは「頑張れ」「負けるな」「あとちょっとだ」などの、励ましの言葉ばかりだ。

「それどころか本田さんを応援することで、全員が団結した。本田さんが一交機に来てからもそう。みんながみんな、本田さんのことを応援して、フォローしたりサポートしたりする」

「出会いには恵まれていると、自分でも思うよ」

潤はかぶりを振った。

「それだけじゃない。本田さんには、応援したくなるなにかがある。手を差し伸べたくなるなにかが。どうして本田さんばかりが目をかけられて、私は見向きもされないんだって、すごく悔しかった。一生懸命に努力しているのは、私だって同じなのに……って」

才能に恵まれた一匹狼《いっぴきおおかみ》のようでいて、潤は潤なりに努力し、自分の居場所を作ろうと必死だったのだ。

「あとは……ここ」

潤は自分の目を指差した。

「目……本田さん、目がすごくいいでしょう」

「悪くはないと思うけど……」

「たんなる視力じゃなくて、動体視力。この前も暴走族のステッカーを読み取って、隊のみんなに褒められていたじゃない」

「そっか……」

言われてみれば、似たようなことはけっこう経験している気がする。ほかの人は見逃している中で、木乃美だけが気づく、ということが。たまたまだと思っていたが、あれは動体視力がすぐれていたということなのか。

「自分で気づいてなかったの？　私は最初から気づいてたよ。訓練課程のときから」

「そうなの？」

潤は得意げに頷いた。

「実は私、あまり目が良くないんだ。コンタクトしてないと、なにも見えない。だから視力の良い本田さんが、羨ましい」

潤が日ごろからコンタクトレンズを着用しているというのも、初耳だった。

「なぜか他人から応援される愛されキャラと、並外れた動体視力……安全運転競技大会優勝のためには不要かもしれないけど、少なくとも、現場の白バイ隊員としてはすごい素質だと思う。箱根の先導をしたいなんて言ってる人じゃなくて、私にその素質が与えられていれば良かったのにって思う。私に本田さんの素質があれば、父にだって胸を張れる、立派な白バイ隊員になれると思うから。だから本田さんが羨ましいし、悔しい」

本当に悔しそうに、何度かこぶしで反対の手の平を打つ。

「お父さんのこと、好きなんだね」

潤は複雑な表情を浮かべた。

「私さ、白バイ隊員になるの、両親から反対されてたんだ。両親……というか、父かな、母はいつも父に従うだけだから。父から反対されてた。だから、神奈川県警を受験したのも、最初は親に内緒にしてた。いまでも気まずいから、あんまり実家に帰っていないんだ」

「そうだったの」

木乃美の場合は、箱根駅伝じゃなくて出雲駅伝じゃ駄目なのかと言われた程度だ。それでも結局、神奈川県警に合格したときには諸手《もろて》を挙げて喜んでくれたし、いまでも帰省すると、ご馳走《ちそう》をこしらえて待っていてくれる。今年小学校に上がったばかりの従妹《いとこ》にとってのヒーローは、白バイ隊員になった木乃美お姉ちゃんだという。

「父に言われた。おまえは白バイ隊員という仕事の、華やかな部分にしか目を向けていない。憧れだけで仕事が務まると思ったら、大間違いだって。だから、華やかなことがやりたくて白バイ隊員になったわけじゃないって証明したくて、意地になってた」

潤が自嘲気味に笑う。

潤が安全運転競技大会や駅伝の先導など、いわゆる『日の当たる』業務を毛嫌いする背景には、そういう事情が隠されていたのか。

「私だって、実際に交機隊に配属されてみたら、自分が白バイ隊員という仕事の、華やかな面にしか目を向けていなかったんだなあって落ち込むばかりだよ。たぶん、川崎さんのお父さんに会ったら、同じように叱られちゃうんだろうな」

微笑みを交わし合った。

「でもやっぱり、夢は捨てきれない。私、いつか箱根の先導、やってみたい。だから川崎さんのライテクが羨ましい。あの技術があれば、全国大会にも行けるし、箱根の先導という目標にも、ぐっと近づくだろうと思うから」

「応援してる」

立ち上がった潤が、右手を差し出した。

「川崎さん。もしかしてこのまま、辞めるつもりなの」

返事の代わりは、悲しげな微笑だった。

「どうして……また一緒に頑張ろうよ。私、川崎さんと一緒に仕事したい。分隊のみんなも、川崎さんが戻ってくるの待ってるよ」

せっかく少しだけわかり合えたのに、こんなかたちで終わるなんて。

「もう私、白バイには乗れない」

潤は静かにかぶりを振りながら、なおも右手を差し出してきた。

木乃美は立ち上がり、両手を身体の後ろで組んで、握手を拒否する。

「嫌だよ。ぜったいに」

「本田さん……」

「滝川まどかさんの事故の原因が、自分にあると思うのは勝手だけど、もしもそう思っているのなら、きちんと調べてあげるべきだと思う。残された遺族に真実を伝えてあげるのが、本当の誠意だと思う。それまでは続けるとか辞めるとか、言っちゃいけないんだ。そうやって逃げるの、よくないよ。川崎さんらしくない」

慣れないことを言ったので、声が震える。それどころか、全身が震えている。

潤が右手を下ろした。

「あなたには、私の気持ちなんてわからないよ」

攻撃的な口調に、怯みかける。それでも自分を叱咤《しった》した。

「わからないよ。わからないから教えてよ」

「なんで教えないといけないの」

「好きだからに決まってるじゃない！」

睨みつけてくる潤の表情から、怒気が抜け落ちる。

「川崎さんのことが好きだから、知りたいんだよ！　悩んでいることがあったら、打ち明けて欲しい！　そして一緒に悩みたい！　だって私たち、仲間じゃない。一人の失敗は、訓練同期全員の連帯責任だよ！　わかってるの？　一人だけ逃げ出すなんて、許されないから！」

目の端に浮いた涙を拭い、今度は自分から潤の手を取った。

握手ではない。手を引いて歩き出した。

「どこ行くの」

「決まってるでしょう。滝川まどかさんの家」

「でも……」

きっ、と振り返り、睨みつけてみる。

「お線香、上げたいんでしょう」

普段そんなことをしなそうな木乃美だから効果的だったのか、それからは、潤はなにも言わずについてきた。

3

滝川家は、古い木造の平屋だった。

玄関の引き戸の脇に設置されたブザーを三度鳴らすと、ようやく磨《す》りガラスの向こうに気配が現れた。

「なんだ！」

扉を開けずに、声だけの応対だった。

すでに喧嘩腰の態度におののきつつも、木乃美は自己紹介した。

「こんにちは。神奈川県警交通機動隊の本田と申します」

「なにしに来やがった！　さっきも、あの川崎とかいう女が訪ねて来たが」

隣にいた潤が、わずかに後ずさりする。

「川崎は今回も同伴しています。どうかお線香だけでも、上げさせていただけないでしょうか」

「さっきも言ったはずだ！　まどかはあの女に線香なんか上げられても喜ばねえ！あいつに殺されたんだからな！」

「滝川さん、それは違い――」

「話は終わりだ！　次ものこのこ訪ねてきたら、ただじゃおかないぞ！」

捨て台詞を吐いて、どすどすと腹立たしげな足音が遠ざかった。

「本田さん、やっぱり……」

珍しく弱気を顕わにした潤が、袖を引いてくる。

木乃美はそれに抗《あらが》い、ブザーを鳴らした。

しばらく待っても反応はない。もう一度、今度はさっきより長めに鳴らしてみる。

するとふたたび、足音が近づいてきた。

今度は扉を開けてくれるようだ。靴脱ぎに下り、鍵を外す動きに続いて、引き戸が開く。

同時に怒声が飛んできた。

「いい加減にしろや！　どのツラ提げて線香上げさせろなんて言うんだ！」

音波で風圧が巻き起こりそうなほどの威圧感のある声だった。広い肩幅、浅黒い肌、太い眉に泥棒ひげと、風貌も威圧感に満ちている。

「お願いします」

二人で深々と頭を下げた。

「それなら素直に非を認めろ」

挑発的な口調に、潤が顔を上げる。

「だいたいおまえ、まどかの通夜にも葬式にも顔出さなかったよな。本来なら真っ先に顔出してよ、私のせいで死なせてすみませんでしたって、土下座するのが筋だろうが」

「それは……」

滝川に詰め寄られ、潤が口ごもる。

潤の弔問は、警察の非を認めたと受け取られかねないという理由で、上層部から禁じられていた。今日も滝川家を訪ねることは報告していないらしい。

木乃美は、さりげなく滝川と潤の間に割って入った。

「責任問題については組織としての判断もありますので、私たちが個人的な見解を披露することは立場上、許されません。しかし不幸な事故で亡くなったまどかさんを悼む気持ちに、偽りはありません。お線香を上げさせていただけませんか」

「そこを棚上げにして線香がどうこう言われても、到底信用できねえな。まずは責任を認めろ。話はそれからだ」

滝川が家の中に入ろうとする。

木乃美はとっさに、閉まりかけた扉の隙間に身を挟んだ。

「本田さん!」

潤の驚いた声がする。

「なんだてめえは! 警察がそんなことしていいのかよ!」

滝川も、さすがに驚いた様子だった。

扉を押し開きながら、木乃美は言う。

「まどかさんは警官による職務質問中に、他人のバイクを盗んで逃走しました。目の前でその光景を見ていた川崎が、まどかさんを追跡するのは、当然の判断だと思います」

「なんだときさま、喧嘩売り来たのか！」

滝川が顔を真っ赤にしながら、扉を閉めようとする。

木乃美は肩を狭めて懸命に耐えた。

「喧嘩を売っているわけではありません。事実を述べているだけです。逃走中のまどかさんはスピードを出していた上、車線を跨ぐような危険な蛇行運転をしていたため、通行車両や通行人を巻き添えにする大事故を起こす可能性がありました。川崎には、追跡を中止する選択肢はありませんでした。私が川崎の立場でもそうしただろうし、同僚たちも、同じ意見です」

「まどかが、そんな真似するわけないだろう！」

「危険運転については、大勢の目撃者がいるんです。だけど……もしかしたら、まどかさんが、いつものまどかさんでなかった可能性もあります」

「なんだと？」

扉を閉める力が緩んだ。

「まどかさんは、石川町の『クラブY』という店に出入りしていませんでしたか」

自分の二の腕をさすりながら、木乃美は訊く。

「知らん。その店がどうした」

「その店に出入りしている男が、未成年に危険ドラッグを配っていたようなんです。その危険ドラッグは新手の薬物で、警察の検査にも薬物反応が出ないという触れ込みのようです」

下がりかけていた滝川の眉が、ふたたび吊り上がる。

「きさま！　言うに事欠いて、うちの娘がそんなものに手を出していただと！」

出て行け！　と突き飛ばされ、尻餅をついた。

ぴしゃりと扉が閉まる。

「本田さん。大丈夫？」

駆け寄ってきた潤の助けを借りて立ち上がると、木乃美は扉にぺたりと貼りついた。

「亡くなる直前のまどかさんは、いつ他人を巻き添えにする大事故を起こすともしれないような、無謀な運転をしていたんです！　そんなまどかさんの行動を、お父さまは信じられないんですよね？　まどかさんはいつも安全運転だったから。だから川崎の追跡が妥当だったという目撃証言も、疑うんですよね？　まどかさんがそんな運転をするはずがないと思うから。でも事実なんです！　まどかさんは無謀な運転の結果、事故を起こした！　だったら、もしかしたらまどかさんが、いつものまどかさんじゃなかったって、そう考えたら腑《ふ》に落ちませんか？　なぜまどかさんが無謀な運転をしたのか、本当の理由を知りたくありませんか？」

まだ奥に気配を感じる。滝川に届くことを願いつつ、訴えた。

「『クラブY』で危険ドラッグを配っていた男は、それが指定薬物に含まれていないから法には触れないいんだと、言葉巧みに子供たちを騙していました！　かりにまどかさんがそれを使用したとしても、違法性を認識していなかった可能性が高いんです！　まどかさんが無謀な運転をしたのは、卑劣な男に騙されたせいだった！　それを証明したくありませんか！」

扉の向こうの気配が薄れたような気がした。

駄目だったか。

だが木乃美が扉から離れると、磨りガラス越しに人影が現れた。

扉が開き、滝川が顔を覗かせる。

「まだ警察を許したわけじゃないからな」

そう言って、扉を大きく開いた。

4

仏間に通され、二人で仏壇に手を合わせた。

仏壇には滝川まどかのものと並んで、彼女と目鼻立ちの良く似た女性の遺影が掲げられている。滝川によると、まどかの母だという。

「交通事故だった。まどかの夜泣きが酷くて、寝不足だったんだろうな。パートに行った帰りに、居眠り運転で電柱に突っ込んだ。誰も巻き込まなかったのが、不幸中の幸いってことになるか」

滝川が皮肉っぽく鼻の下を擦《こす》る。

なるほど。だから滝川は、娘の無謀運転を信じられないのだ。母の死因についても、娘に繰り返し話して聞かせてきたのだろう。

「もしよければ、まどかさんのお部屋を拝見しても」

少し躊躇する間があったが、滝川は首肯した。

まどかの部屋は、仏間とは襖《ふすま》で仕切られた和室だった。

紫を基調にコーディネートされた部屋だった。畳にはフェイクファーの絨毯《じゅうたん》が敷かれ、壁には十代のアイドルグループのポスターが貼ってある。

「まどかが死んで以来、初めて足を踏み入れるんだ」

躊躇の理由はそういうことらしい。

「失礼します」

木乃美は部屋の隅に置かれた机に向かった。

抽斗《ひきだし》を開ける。

目に見える場所は整理整頓されているが、抽斗の内部はそれよりも雑然とした印象だった。ボールペンや鉛筆、定規、消しゴムなどの文房具に交じって、銀紙で包まれた板状のガムや、消費者金融の広告がついたポケットティッシュなどが、バラバラに入っている。

それらを手にとって調べるうちに、抽斗の底に細長い紙片があるのに気づいた。十センチ×二センチほどで、水色をしており、長方形を中心で二分する切れ込みが入っている。ステッカーの剝離紙のようだ。

これはもしや……。

爪で引っかけて裏返すと、案の定、筆で書き殴ったようにデザインされた『横浜狂走連合』のロゴが現れた。

「嘘……」

背後から覗き込んできた潤の、息を呑む気配があった。

「どうした」

少し離れた場所で、滝川が真実を恐れるように後ずさりする。

木乃美はステッカーを滝川に見せた。

「ここに書かれている『横浜狂走連合』というのは、暴走族の名前です。私たちが調べたところだと、クラブで危険ドラッグを配っていた男というのは、この暴走族の一員だと名乗っていたようなんです」

「なんだって？」

滝川は顔面蒼白《そうはく》になった。

「それじゃ、まどかは暴走族に入っていたというのか。ガソリンスタンドで働くぐらいだから、車やバイクは好きだったが、暴走族なんて……だいいち、そんな違法改造した車やバイクなんて、持ってなかったぞ。あいつは」

「危険ドラッグを配っていた男が暴走族を自称していただけで、まどかさんが暴走族に所属していたとは限りません。男の誘いを断った少年少女たちも、ステッカーを持っていましたし。男は危険ドラッグを餌に、クラブで声をかけた少年少女たちに、なにかをさせていたようです」

「なにかってなんだ。いったいなにをさせていたんだ」

「『仕事』と言っていたようですが、具体的には……」

木乃美はかぶりを振った。

潤がなにかに気づいたらしく、人差し指を立てる。

「携帯電話……もしかしたら携帯電話に、暴走族の男とのやりとりが残っているんじゃないの」

「そうだね。まどかさんの携帯電話、残してありますか」

滝川は頷いた。

「スマートフォンがあるにはある。だが、事故したときにも持っていたもので、液晶画面は割れて、電源も入らない」

消沈しかけた木乃美だったが、ふと思い立って申し出た。

「それでもかまいません。しばらくお借りすることはできませんか」

「わかった」

滝川が部屋を出て行く。

そして木乃美は自分のスマートフォンを取り出し、山羽に電話をかけた。

「もしもし、班長」

「本田か。どうだった。川崎の様子は」

「実はいま、川崎さんと一緒に、滝川まどかさんのお宅にお邪魔しています」

「は？　どういう流れでそうなった」

簡単な経緯を説明しても、なお山羽は意外そうだった。

「おまえがあのカミナリ親父を説得したとは。その場面、見てみたかったな」

愉快そうな、笑いを含んだ口調だ。

「まどかさんのスマホをお借りしていこうと思います」

「かまわないが、どうする。交通捜査課にでも、事故原因の再調査を依頼するつもりか。交機が頼んだところで、あいつらの面子を潰すことになるから、そう易々《やすやす》と動いてくれるとは思えないが」

「しっかりした確証を摑むまでは、私が個人的に調査します」

「おまえが？」

山羽は驚いた様子だったが、すぐに声に喜色を滲ませた。

「どうしたんだよ、おまえ。なんかおれの知ってる本田と違うな」

「そ、そうですか……すみません」

「そうやってすぐに謝るところは、やっぱり本田だが」

笑う息の気配があった。

「いいだろう。好きなようにやってみろ。分隊長にはおれから報告しておく」

「ありがとうございます」

通話を終えると、潤が訊いてきた。

「鑑識か科捜研に知り合いでもいるの」

「いないけど、スマホのデータ復旧なんて民間でもやっているから、できる人いそうじゃない」

木乃美は坂巻を思い浮かべていた。強行犯係なら証拠としてスマホを扱うことも多いだろうし、なんとかなりそうな気がする。

戻ってきた滝川は、菓子の入っているような紙折り箱を持っていた。

娘の思い出の品を、その箱に入れて保管していたらしい。蓋を開けると、古びた作文の原稿用紙や、まどかの幼少期を撮影したと思われる写真が詰まっている。

スマートフォンはビニール袋に入った状態で、一番上に置かれていた。液晶画面の全面に、蜘蛛《くも》の巣のようなひびが走っている。

「失礼します」

木乃美はスマートフォンをビニール袋から取り出し、電源ボタンを押してみた。長押ししてみても、うんともすんとも言わない。

「壊れてるね」

事故のことを思いだしたのか、潤は痛ましげだ。

「できるだけ早くお返しするようにしますので」

スマートフォンをビニール袋に戻し、封をした。

「あいつが……危険ドラッグなんかに手を出していたのか」

悲しげに目を伏せる滝川は、最初に会ったときより身体が萎んだように見えた。

「はっきりとしたことはまだ、なんとも。ですが、かりにそうだとしても、暴走族を名乗る男に騙されていた可能性もありますので」

精一杯に言葉を選んだが、慰めにはならなかったようだ。

「そうは言っても、あいつはもう十七歳だ。法に触れないから大丈夫だとか、そんな上手いこと言われて、まったく怪しいと思わなかったわけがない。そんなふうに育てたつもりはなかったのに……」

　よろよろとしたかと思うと、滝川は崩れ落ちて畳に膝をつく。

「早くに母親を亡くして、寂しい思いをさせた。おつむの出来だって、おれに似てよくはなかった。だけど、他人様に迷惑だけはかけないように育ててきたつもりだったんだ……まどかのやつ、おれの見ていないところでなにやってたんだ。おれは……まどかのなにを見ていたんだ」

　途中からは涙声になっていた。

　無力感に打ちひしがれる男を前に、木乃美と潤は、かける言葉も見つからなかった。

4th GEAR

1

「なんだ。急に呼び出したかと思うたら、そういう用件か」

サンマー麺を二啜りで半分ほどの量にしてから、坂巻は不服そうに鼻に皺を寄せた。

「いいじゃない。部長ならなんとかできるでしょう。お願い」

木乃美は合掌で懇願する。

いつもの中華料理店だった。木乃美と坂巻は小さなテーブルを挟んでいる。

「できんことはないが、それって、もはや交機の仕事じゃないやろう」

「わかってるけど……」

「正直、気が乗らんな。おまえが首を突っ込む必要のないこったい。生活安全部にでも、話を振ってみたらいいんじゃないか」

「だけどその危険ドラッグは、現行の検査では検出できないんだよ。現物もないし。生活安全部がすぐに動いてくれるか、わからないじゃない」

「それでも危険ドラッグの取り締まりは、おまえの仕事やない」

「あ。ビールのお代わり、いる？」

坂巻はすでに二杯目の中ジョッキを空にしている。

「そんなもんで釣られると思っとるんか。馬鹿にしくさって」

「すいませーん。ビール、一つ」

店員に向かって人差し指を立てたが、素通りされた。

「またスルーされとるやないか」

坂巻が噴き出す。

「それでも私、諦めないから」

選手宣誓のように胸を張り、右手を真っ直ぐに伸ばして、店員にアピールする。

「すいませーん」

よそのテーブルの客に呼び止められた店員が、注文を取っている。

「すいませーん」

「おまえってば、人生で何度すいませんって言葉を口にしとるんやろうな。普通の人の三倍ぐらいは、謝っとるんじゃないか」

「すいませーん」

よそのテーブルの注文を取り終えた店員が、厨房《ちゅうぼう》へ向かう。こちらには目もくれない。

「諦めて待っとけよ。そのうち近くを通るんだし。大人になると、妥協と諦めが大事やて言うたやろうが」

「諦めない」

木乃美はすっくと立ち上がり、店員のもとまで歩いていった。

右手を上げたまま猛然と近づいてくる客に、立ち止まった店員が怯えたように顎を引く。

木乃美は相手の毛穴が見えるほどに、店員に顔を近づけた。

「ビール、一つ、お願いします」

「は……はい。ビール、一丁」

そのままくるりと踵《きびす》を返し、席に戻ると、坂巻が唖然《あぜん》としていた。木乃美が前のめりになると、気圧《けお》されたように身を引く。

「私やっぱり、諦めたくない。箱根の先導やりたいし、まだまだ川崎さんと一緒に働きたい。横浜狂走連合の正体も突き止めたい。諦めたくないの」

「あ……ああ。いいんじゃないか」

「だからお願い。無理言ってるのはわかってるけど、このスマホのデータを調べて」

タカシなる人物が、危険ドラッグを餌に未成年になにかをさせていたとすれば、スマートフォンにやりとりが残っている可能性が高い。ここまで来たからには、最後まで自分の手で明らかにしたかった。

店員がビールを運んできた。

それを受け取り、差し出す。

「はい。ビール」

「あ、ありがとう」

「もちろん、ここは私がおごる」

坂巻は渋面を左右に揺らした。

「おまえさ、おれが食いもんで釣られるとでも思うとるとか。安く見られたもんやな。そんなんで——」

「女の子紹介する」

「やるったい」

坂巻が手招きでスマートフォンを要求する。

木乃美はハンドバッグからスマートフォンを取り出した。

「あー本当だ。見事に壊れとるな」

ビニールに包まれたスマートフォンの状態を確認しながら、坂巻が唇を曲げる。

「だけど、データのサルベージはできると思う。なんて言うたっけ、その危険ドラッグを配っとるとかいう男の名前は」

「タカシって名乗ってるらしいけど、偽名かもしれない。危険ドラッグを与える代わりになにかを要求していたはずだから、そういうメールのやりとりなんかがあるかも。もしくは、頻繁に電話をかけたり、かかってきたりしている相手がいれば、知りたい」

坂巻はふむふむと頷きながら話を聞いていた。

「どれくらいかかる？」

「作業自体はそんなにかからん。問題は、誰に作業してもらうかってことやが、まあ、心当たりは何人かいる。すぐやってくれそうな人を探して、当たってみよう」

「ありがとう、部長。恩に着る」

「礼はいいから、飛び切りのかわいい子、紹介してくれよ」

坂巻はそう言って、不器用に片目をつぶった。

2

潤は独身待機寮の自室で机に向かっていた。

目の前に広げた用紙には、「退職願」と記してある。自宅待機を命じられてからほどなく、書き上げたものだった。

先ほど、県警本部から、明日処分を発表するので登庁するようにという連絡があった。

どんな処分が下ろうと、仕事を辞めるつもりでいた。昨日まではそうだった。

だがいま、潤の決意は揺らぎつつある。

――好きだからに決まってるじゃない！

必死の形相で訴えかけてくる、木乃美を思い出す。「ごめんなさい」と「すみません」が口癖のようだった木乃美が、力強く潤の手を引き、滝川まどかの自宅を訪れ、滝川まどかの父親と対峙《たいじ》してくれた。つねに誰かの庇護《ひご》を求める小動物のようだった、あの気弱な木乃美が。

そして、娘の知られざる裏の顔を知り、木乃美と潤の前で泣き崩れた、滝川まどかの父親。

木乃美の言う通り、逃げ出そうとしていただけかもしれないと、潤は思う。

遺族の悲しみは終わることがない。あのときああしていれば、事故を防げたのではないか、こうしていれば、娘を死なせずに済んだのではないかという悔恨を抱え、ずっと生きていくのだ。

すべてを背負うといえば聞こえはいいが、自分のせいだとさっさと結論づけることで、事件を幕引きしたいだけじゃないのか。どんな処分が下ろうと辞めるだなんて、殉教者を気取って自分に酔って見せているだけで、たんに逃げ出したいだけじゃないか。

自分は強いつもりでいた。

だが、違った。

一匹狼を気取っていたのも、他人から裏切られたり、傷つけられたりするのが怖かっただけだ。自分から他人を遠ざけているのに、他人の評価がえられないからと誰かを嫌ったり、嫉妬したりするなんて、まるで子供じゃないか。

私って、弱かったんだ――。

認めるのは勇気のいることだったが、認めてしまえば、とたんに心が軽くなった。自分がなにをしたいのかも、見えてきた。

潤の手は、自然とスマートフォンに伸びていた。

電話帳から検索した番号に発信する。

延々と続く呼び出し音が、相手との心の距離を物語っているようだった。

諦めて通話を切ろうとしたとき、相手が電話に出た。

「もしもし」

愛想のかけらもない、ぶっきらぼうな声音。

潤は肩に力をこめながら、その声を聞いた。

「お父さん……」

相手は父だった。

探るような沈黙の後、父は言った。

「どうした」

「いきなりだけど、ごめん」

「なにがだ」

「内緒で神奈川県警受けて、家を飛び出したこととか……」

父の言うなりにしていればよかった、とは思わない。だが、もっと向き合う努力をするべきだった。それで両親を説得できたかはわからないが、少なくとも当時の自分は、話すだけ無駄だと決め付けていた。

「いまになってそんなことを言うのは、例の事故のせいか」

冷たく突き放すような口調だった。

「これまで散々好きにやってきておきながら、仕事がつらくなったからと言って、やさしい言葉をかけてもらおうと電話したのか」

「そういうわけじゃ……」

どうしてこんなに冷たくするのだろうと悲しかったが、こういうひねくれたところを、自分はまるきり受け継いでしまったのだとも思う。父の嫌な部分を自分に見つけるのは嬉しくないが、似ているのなら、父の気持ちは理解できる。父は冷たくしたいわけじゃない。やさしくするのが下手なだけだ。

「ならどういうわけだ」

「私、この仕事を選んで、後悔してない。危険がつきまとう仕事だし、ドライバーからは嫌われているかもしれないけど、それでも、私はこの仕事が好きだし、誇りを持っている。それが言いたかったの」

「どうしていまになって、そんなことを言う」

「私を知って欲しかったから。お父さんに。この仕事を選んだことは、後悔していない。けれど、お父さんとお母さんに理解してもらうよう、じゅうぶんに努力しないまま、この仕事を選んだことについては、後悔してる。あのとき、私は逃げ出した。だけど、もう逃げたくない。だから電話したの」

ふたたび沈黙が降りた。

やがて父の、静かに息を吐く気配があった。

「処分はもう出たのか」

「まだ。明日、本部に呼ばれているから、そのとき通達になると思う」

「無職になってのこのこ帰ってきたところで、うちにはもう、おまえの居場所なんてないからな」

「わかってる」

「だから自分からは、ぜったいに辞めるな」

はっとなった。机の上の退職願を見つめる。

「お父さんは、おまえが白バイ隊員を続けることに反対だ。今回のことで、おまえがずいぶん弱っているようだったとお母さんから聞いて、なおのことそう思った。いっそのこと、辞めてしまえばいい。辞めて、田舎に帰ってきて見合いでもすればいい。そうも思った。だがおまえがその仕事に誇りを持っているのなら、まだ未練が残っているのなら、自分から辞めるようなことはするな。逃げるな。逃げると、必ず後悔する。最後まで粘って、歯を食いしばって、戦ってこい。お父さんの子なら」

声を出すと涙が溢れてしまいそうで、潤には頷くしかできなかった。

3

県庁前を通過すると、ほどなく左手に横浜スタジアムが見えてくる。

スタジアムの外周をまわり込むようにしながら左折し、直進すれば、そこはもう中華街の入り口だ。中華街の輪郭をなぞるように山下橋《やましたばし》の交差点まで走ったら、山下公園の前を走って日本大通りへ。そしてふたたび県庁前。

もう何度このあたりを周回したかわからない。

それでも木乃美は、タカシが石川町周辺に出没するのではないかという、一縷の望みを捨てきれなかった。

スマートフォンの解析を引き受けてくれた坂巻からは、いまだ連絡がない。

あのときはスマートフォンさえ解析できれば、タカシなる謎の人物の正体に辿り着くという確信めいた思いに突き動かされていたが、時間が経ってみると、空振りに終わるのではという不安も頭をもたげてきた。そうなったら、一からやり直しになる。ただ座して待ってなどいられない。

走りながら、対向車両のドライバーや歩行者の顔にまで目を配る。

不思議なもので、タカシを見つけたいと強く願っていると、すれ違ういろんな顔がタカシに見えてくるのだった。はっとしながらブレーキをかけ、頭の中で記憶と照合しては、がっかりしながらスロットルを開くということを繰り返した。

そう言えば、潤はどうなったのだろう。

まさに今日、潤の処分が決定するということは、分隊長の吉村から聞いていた。潤は県警本部に呼び出されたらしいが、そろそろ処分内容を聞いているのではないか。

処分内容にかかわらず、潤は警察官を辞めるつもりのようだった。木乃美としては精一杯に、辞めないで欲しいという思いの丈をぶつけたが、結局、最後まで色よい返事を聞くことはできていない。

響いてくれただろうか、潤の心に。

そう願うしかない。

その後も石川町周辺を走り回って、山下橋の交差点に差しかかったときだった。左折しようとしたところ、目の前を左から右へ、すさまじい排気音とともに、シルバーのポルシェ９１１が横切った。

かなり速度が出ていたように見える。

木乃美はウィンカーを右に切り換え、後をつけてみることにした。

ポルシェは車線を変更しながら、先行車両を追い越していく。思った通りのようだ。木乃美はスロットルを開き、ポルシェを追う。

ようやく、白バイとポルシェとの間に障害物がなくなった。

速度計測に入った。ポルシェと等間隔を保って、メーターの数字を確定させる。

時速九二キロ。

速すぎる。迷わずサイレンのスイッチを弾いた。

スロットルを全開にして、差を詰める。

「ポルシェの運転手さん、左に寄せて止まってください」

拡声で伝えたが、止まらない。

「止まってください」

もう一度言って、ようやく左ウィンカーが点滅した。

速度を緩めたポルシェの後ろにつけ、木乃美のバイクも停止した。

「なんなんだよいったい！　おれは急いでんだよ！」

パワーウィンドウを下ろしたドライバーが、罵声をぶつけてくる。早くも敵意剝き出しだ。

慌ててバイクを降りようとして、木乃美は慄然となった。

誤ってエンジンを切ってしまったのだ。

これでは取り締まりの根拠となる、速度計の数字も消えてしまう。痛恨のミスに、背筋が冷たくなった。

「おいこら！　聞いてんのか！」

ポルシェからチンピラふうの男が降りてきた。肩で風を切りながら、近づいてくる。

「あ……えっと……」

あわあわと速度計を見つめるが、一度消えた数字が現れるはずもない。

するとそのとき、木乃美の目の前をスカイブルーの制服が通過した。ポルシェのドライバーの前に立ちはだかり、両手を腰に当てて仁王立ちになる。

「いったいどういうつもりなの。高速道路でも走ってるつもり？」

潤だった。

ふと見ると、木乃美の白バイの数メートル後ろに、潤の白バイがスタンドを立てていた。

「なんだとこら！　おれがスピード違反したってのか」

「まさかあんなにぶっ飛ばしておいて、法定速度を守っていたとでも？」

「おれの免許証ゴールドだぜ。違反なんてするはずがないだろう」

「これまではたまたま捕まらなかっただけじゃない。残念ながら今日でブルーね。それだけじゃない。あなたの下手くそなアクセルワークの音はしっかり覚えた。これからしっかりマークして免停まで追い込んであげるから、覚悟しなさい」

「なんだと！　このクソアマ！」

男が潤に殴りかかった。

潤はひらりとかわすと、男の腕をとり、背中のほうへとひねって、組み伏せてしまう。

「痛ててて！」

男が苦悶《くもん》に顔を歪めた。

「手錠《ワッパ》かけられないと言うことが聞けないって言うなら、そうするけど」

「わかったよ！　ごめんごめん……あ痛ぁっ」

最後に力をこめてもう一度、情けない悲鳴を上げさせた後、潤は男を解放した。

それからの男は、人が変わったように従順だった。

しょげ返ったような情けないエンジン音で遠ざかるポルシェを見送ってから、木乃美は潤を向いた。

「川崎さん。戻ってきたんだね」

「逃げるの、やめたんだ」

潤は照れ臭そうに頬をかく。

「それにしても参ったよ。お咎めなしだってのに、お偉いさんたちの話が長くてさ」

うんうんと頷く木乃美は表情こそ笑顔だったが、視界は涙で曇っていた。

「そんなことより、エンジン切っちゃうなんて、迂闊《うかつ》すぎるよ」

潤が表情を引き締める。

「ごめんなさい」

「たまたま私が通りがからなかったら、どうなっていたことか……まあ、たまたまというより、本田さんのことだから、きっと石川町界隈で手がかりを探しているんだろうと思って、来てみたんだけどさ」

「ごめんなさい」

「ごめんなさいばっかりじゃん。それしか言えないの」

「ごめんなさい」

最後はわざとだった。

しばらく無言で見つめ合った後、どちらからともなく笑顔になる。

「おかえりなさい」

今度は木乃美が握手を求めた。

「ただいま」

二人の右手がしっかりと結ばれた。

4

分駐所に戻ると、ちょうど梶のバイクがガレージに入っていくところだった。

木乃美がガレージに入ると、梶はおっ、という顔になり、続いて入ってきた潤に気づいて、「おおっ」と喜色満面になった。

「川崎。ついに復活か」

「ご心配をおかけしました」

歩み寄ってきた梶が、潤の肩を叩く。

「本当だぞ。散々心配かけやがって。だけど、戻ってこられたんなら、もう文句はない。おかえり」

「た……ただい、ま」

潤ははにかみながら応えた。

事務所に戻ると、山羽と元口が驚いた様子ながらも、口々に潤の復帰を祝福してくれた。ずっと事務所にいた吉村だけは、潤の復帰を知っていたらしい。穏やかに目を細めている。

「よし！　今日は川崎の復帰祝いやろうじゃないか」

元口がさも素晴らしいアイデアを思いついたという感じに、両手を打ち鳴らす。

「賛成です！」

木乃美は右手を上げて賛同の意を示した。

「おれもです！」

梶が手を上げ、山羽もそれに倣う。

「もちろんおれも付き合う」

「さすがに今日は真っ直ぐ家に帰るなんて、言いませんよね」

元口が吉村に横目を向けた。

全員の視線が、吉村に集中する。

吉村は書類仕事の手を止め、デスクを軽く両手で叩いた。

「そうだな。今日はおれのおごりだ」

元口が「よっしゃ！」とガッツポーズをした。

ところが一日の勤務を終え、私服に着替えて事務所を出たときだった。

全員で横浜駅方面に向かって歩いていると、木乃美のハンドバッグの中でスマートフォンが振動した。

坂巻からの電話だった。

木乃美は電話に出ながら、反対側の耳を手で塞いだ。すでにアルコールが入ったかのごとく、ハイテンションで漫才さながらのやりとりを繰り広げる、梶と元口がうるさかった。

「本田か。いま、大丈夫か」

珍しく深刻そうな第一声を聞いただけで、心臓が収縮した。

スマートフォンのデータ復元が完了したのか。

「うん。平気だけど」

「データのサルベージが完了した」

やはり。

「それで、どうだったの」

「大変なことになったぞ……できれば直接会って話したいんやが、いまから会えるか」

「えっ……いまから」

戸惑いながら視線を動かすと、潤と目が合った。

「どうしたの」

「捜査一課の同期から」

なんの用件かぴんときたらしい。潤が小さく口を開いた。

「もしかして、あのときのスマホ?」

「どうした。二人で真剣な顔して」

元口が首を突っ込んでくる。山羽と梶、吉村もこちらに注意を向けたようだ。潤がほかの隊員に事情を説明している。山羽と吉村もすぐに察したらしく、潤と一緒に残りの二人に説明していた。

木乃美は電話の向こうの坂巻に語りかける。

「実はこれから、分隊の飲み会でさ」

「そんなもの抜けてこい。それどころじゃないったい」

よほど重大な事実が判明したのか。坂巻が珍しく声を荒らげた。

「わかった。予定キャンセルしてすぐに行く。どこで待ち合わせ……」

そのとき、ぽんぽんと肩を叩かれた。

元口だった。そのほかの同僚もこちらを見ている。

「キャンセルの必要はない」

意味がわからずに小首をかしげると、元口は言った。

「おれたちも行く」

全員が頷いた。

5

県警本部の玄関をくぐると、待ちかねたように坂巻が歩み寄ってくる。

「うちの分隊長、班長、梶さん、元口さん、川崎さん」

ざっと紹介すると、坂巻は顔と名前を一致させるように視線を動かした。

「はじめまして。本田の同期の捜査一課強行犯係、坂巻です。こちらへどうぞ」

エレベーターで七階へとのぼり、第五会議室へ案内された。

扉を開けて部屋に入る。長机が整然と並べられており、最前列の席には、すでに先客がいた。ほっそりとしたスーツの男が立ち上がる。

以前にも会ったことのある、峯という刑事だった。

「峯さん……」

山羽は驚いた様子だが、峯のほうは坂巻からあらかじめ聞いていたらしい。懐かしそうに相好《そうごう》を崩した。

「久しぶりだな。山羽」

「どうも、ご無沙汰しております」

珍しく緊張を顕わにした山羽が、背筋を伸ばした。

そんな山羽の肩に、峯は手を置いた。

「さすがおまえの部下だな。こいつはとんでもないお手柄になるぞ」

まあ座れと促され、全員が着席した。

全員と向き合うように立った峯が、揉み手をしながら話し始めた。

「まずは事実関係を確認しておきたいんだが、最初に横浜狂走連合を調べようと思ったのは、本田さん……だったたっけ？」

「はい。本田です」

「本田さんがステッカーを見かけたのが、きっかけだったんだね」

「そうです。信号無視した原付を追跡しているときに、運転者のヘルメット側面に貼ってあったのを確認しました」

「追跡中に読み取ったのか」

峯は目を丸くした。

「しかも深夜に、覆面ＰＣを運転しながらです」

元口の見てきたような口ぶりは、自分のことのように誇らしげだった。

「そいつはすごいな。たいしたもんだ」

峯は木乃美を見つめ、感心した様子で唇をすぼめる。

「話を続けるが、ステッカーを見かけたことで、七年前に解散したはずの暴走族に復活の動きがあるのかもしれないと思い……」

山羽が先回りして答える。

「元総長の九鬼という男を訪ねました。すでに家庭を築いてすっかり更生している九鬼自身がかかわっているとは思いませんが、かつての仲間が関与している可能性もあります。九鬼は非行歴のある少年を、自身の経営する自動車修理工場で積極的に雇用しており、そういう面での情報網も持っている。調査のために協力を要請しました」

「なるほどな。それで、タカシという人物に行き着いたのか」

「ええ。タカシは『クラブY』に出入りし、ハイパーミントなる危険ドラッグと引き換えに、未成年になんらかの仕事を持ちかけていました。タカシは、そのハイパーミントという危険ドラッグを、警察の検査で反応が出ることはないから、捕まることもないと喧伝《けんでん》していたようです。その話を聞いてまず思い出したのが、滝川まどかさんの事故でした」

　峯が話を引き取った。

「職務質問中にバイクを奪って暴走、転倒して亡くなった滝川まどかの行動は、とても正常な精神状態には思えなかったが、司法解剖でもアルコールや薬物の使用は報告されなかった。タカシの言うように、本当に検査に反応しないような代物なら、滝川まどかはハイパーミントを使用していた可能性がある……そう思ったんだな」

「そうです」

　山羽は頷いた。

「だから、滝川まどかの自宅を訪ねたんだね」

　峯が木乃美に質問し、木乃美が答える。

「私と川崎さんで、滝川さんのお宅を訪ね、亡くなったまどかさんのお部屋を見せてもらいました。そこで、横浜狂走連合のステッカーを発見しました。少なくとも、ハイパーミントを配り歩いている男が属しているという横浜狂走連合と、まどかさんはなんらかの関係があった。まどかさんは亡くなる直前、ハイパーミントを使用していた可能性が高いと判断し、スマートフォンをお借りしました」

　うん、と納得した様子で、峯は全員の顔を見回した。

「おれも、こいつから話を聞いて驚いたんだ」

「こいつ」のところで顎をしゃくられた坂巻が発言する。

「壊れたスマホのデータを復元して欲しいと本田に言われ、最初はあくまで、同期のよしみで個人的な依頼を受けたつもりやったとです。峯さんにも、報告するつもりはありませんでした」

そうだ。最初に会議室に入ったとき、なぜ峯がいるのかと、木乃美も不思議に思った。

峯はあらためて注目を集めようとするかのように、両手を打ち鳴らした。

「結論を言うと、タカシなる人物が未成年に持ちかけていた『仕事』というのは、どうやら強盗らしい」

一瞬、完全な静寂が訪れた。

坂巻がこほんと咳払いをする。

「滝川まどかのスマートフォンから復元したデータを解析したところ、削除されたメール履歴の中から、それらしきやりとりが見つかりました。これまでに発生した八件の連続強盗のうちの一件、横浜市鶴見区の金物店から、売上金の十二万円が奪われた事件です。日時も一致します」

「メールのやりとりを見る限りだと、滝川まどかは自分のほうから、襲いやすいターゲットを提案していたようだ。警備が手薄で、防犯カメラの位置を把握していて、逃走するにも土地勘のある場所……ようは近所だな」

峯が肩をすくめた。

呆気にとられた様子ながらも、元口が質問する。

「滝川まどかは、強盗団の一味だったということですか」

「それはイエスであり、ノーでもあるな」

峯が顔をしかめ、坂巻が説明する。

「滝川まどかが、鶴見の金物店襲撃の実行犯であったことは、ほぼ間違いないと思われます。ですが、一連のほかの事件にはかかわっていない、というのが、私と峯さんの見解です」

「それ、どういうこと」

木乃美は訊いた。

鶴見の事件だけは一連の事件と無関係だった、ということだろうか。

だが違った。坂巻は言う。

「大規模な強盗団に見せかけておきながら、実際にはメンバーの入れ替わりが激しかっただけってことたい。実行犯は一度強盗に参加したら、それで終わりの使い捨て。主犯はタカシ一人か、あるいはタカシを中心としたせいぜい数人か……ってところやろう。繁華街などで実行犯をリクルートし、自宅の近所の襲いやすい場所を自己申告させる。自宅の近所だから土地勘はあって逃げやすいし、自宅に逃げ込めばいいわけだから、検問を突破する必要もない」

話し役を峯が替わる。

「犯人グループは犯行ごとに別人に入れ替わっているから、事件ごとの目撃証言も当然のようにバラバラになり、犯人像が絞り込めない。それぞれの自宅の近所を襲わせることで、広範囲に活動する大規模な強盗団のように錯覚させられるから、警察も現場の近所の住人を疑わない」

「よく出来たシステムですね」

梶はぽろりと呟いた後で、不謹慎なことを口走ってしまったという顔になる。

だが坂巻は同意した。

「その通り。強盗界の新たなビジネスモデルの登場ですよ。ノウハウだけを伝えて、毎回異なる人物に実行させ、主犯格に盗んだ金の一部を上納させるっちゅう、フランチャイズの飲食店みたいな仕組みです」

「どのみち、長くは続かなかっただろうけどな。実行犯が増えるってことは、下手打って捕まるやつだって出てくるだろうし、中には口が軽くて自分で言いふらす馬鹿もいるだろう。滝川まどかが事故死したのだってそうだ。結局、主犯格の連中が下手打ったってことだ」

峯は皮肉っぽく鼻を鳴らした。

「メールの履歴が発見されたからには、タカシの身元が割れるのは時間の問題だと思われます。そこで……」

坂巻は了解を求めるように峯を見た。

峯が頷くのを確認してから要請する。

「本田にも、捜査本部に参加して欲しいったい」

「えっ……私が？」

木乃美は自分を指差した。

「専従の捜査員として動いて欲しいというのではない。本田さんは、タカシという人物の顔を見ている。身柄を確保する前に、面通しに協力して欲しいんだ。どうかな」

峯に見つめられ、木乃美は仲間たちの顔を振り返った。

背中を押すような頷きに、勇気が漲《みなぎ》ってくる。

木乃美は峯の顔を見上げた。

「私でよければ。よろしくお願いします」

6

木乃美は、坂巻たちと一緒に覆面パトカーに乗り込み、横浜市戸塚《とつか》区のマンションを張り込んでいた。

時間の問題だという坂巻の言葉通り、タカシの身元はすぐに判明した。小山貴司《こやまたかし》。二十二歳。横浜市内の指定暴力団の準構成員。暴行罪での逮捕歴があり、現在は執行猶予中の身だという。午後の二時間半警らに出ていた木乃美は、坂巻からの連絡を受け、私服に着替えて覆面パトカーに乗り込んだ。

「なんか、喉渇きませんか」

運転席の坂巻が、眠そうな声で訊く。

「そうだな。おまえ、なにが飲みたい。コンビニに行ってくるよ」

応える助手席の峯も、のんびりとしたものだ。

「いや、先輩をパシらせるわけにはいきません。おれが行きます」

「いいんだ。外の空気吸いたいし、便所にも行きたいからな。ついでだ」

後部座席の木乃美だけが、緊張をほとばしらせながらエントランスを凝視していた。あまりに「張り込み感」を出すと対象者に気づかれるから、さりげなくしろと坂巻から何度も注意されたが、なにしろ初めての経験だ。見逃してはいけないという思いが先に立ち、目を皿のようにしてしまう。

住民票によると、小山の住所は川崎市川崎区のアパートになっているらしい。だが、住民票に記載された住所にはすでに別人が住んでおり、住所不定というのが実態のようだ。このマンションは、小山と交際中の女が借りている部屋だという。

「本田さんは、なにか飲みたいものあるかい」

峯がこちらに顔をひねり、木乃美は我に返った。デニムの太腿に置いたこぶしを開くと、じっとり汗ばんでいる。おまけになぜか、肩から腕にかけての筋肉が張っている。

「いえ。けっこうです。ありがとうございます」

峯が片眉を上げる。

「本当に？　お茶もなにもいらないのか」

「トイレに行きたくなったら困るので」

「そんなに気ぃ張ってたら、身が持たないぞ」

小山らしき男がマンションに入っていくのは、ほかの捜査員によって確認されている。それ以来、エントランスに人の出入りはないらしいので、いまは在宅しているはずだった。

木乃美が小山を確認次第、任意同行という手筈《てはず》になっている。

「大丈夫です。体力だけは自信ありますから」

木乃美が唇を引き結ぶと、峯は坂巻とやれやれといった感じの目配せを交わし、車を降りてコンビニに向かった。

「そういや、あれとはどうなっとるとや。缶コーヒーくん」

坂巻が退屈そうに、両手を頭の後ろで重ねる。

無視していると、顔の前で手をひらひらとされた。

「おい。聞いとるんか」

「やめて。いまそれどころじゃない」

坂巻の手を払い除《の》けると、坂巻は不服そうに下唇を突き出した。

「しっかし、いいとこ住んどるな」

坂巻が姿勢を低くして、助手席の窓越しに真新しい白亜の塔を見上げる。三十五階建てのタワーマンションで、ＪＲ横須賀線の東戸塚駅からも徒歩二、三分といったところか。たしかに庶民には手の出なそうな高級物件だった。

木乃美はエントランスを凝視したままだ。

「なんで世の中、悪い男のほうがモテるんやろうな。おかしいと思わんか。もしも悪い男がモテるんなら、みんな悪の道に走ってしまうやないか」

「部長は悪い男じゃないからモテないわけじゃないよ」

「じゃあなんでモテないのさ」

「ハゲでデブだから」

「おまえはデブでチビやないか」

「チビだけどデブじゃない。ぽっちゃりだもん」

「おれだってデブやない。ガチムチたい」

「どこがよ」

そのとき、エントランスから人影が出てくる。

木乃美は窓に顔をくっつけんばかりに凝視した。

人影は女性だった。

緊張がほどけ、ふうと肩を上下させる。

「おまえ、気張り過ぎなんだよ」

「だって、見逃したら大変じゃん」

「そうは言うても、小山はもう袋の鼠《ねずみ》たい。どうあがいたって逃げられやしない。もっとドンとかまえておけばいいんや。後はおれに任せればいい」

坂巻が自分の胸をこぶしで打つ。

「部長だから心配なんだよ」

「どうして」

「女の人に逃げられてばっかりじゃない」

「はは。こりゃ一本取られた」

坂巻が自分の額をぺちっと打ち鳴らす、とても平成の時代とは思えない古臭いリアクションを見せたそのとき、エントランスの隣にある地下駐車場の出入り口に設置された黄色回転灯が光り始めた。

出てきたのは、真っ赤なフェラーリだった。

「お。フェラーリ。しかもF12ベルリネッタやんか。初めて見たわ。さすがタワマンの住人は違うなあ」

坂巻が呑気に口笛を吹く。

だが木乃美は走り去るテールランプを目で追いながら、坂巻の肩を激しく揺さぶった。

「早く追いかけて！」

「なんで」

「あれ、小山だよ！」

「なんだって？」

トレードマークのニットキャップはなく、髪の毛を後ろに撫でつけて、サングラスをかけていた。服装もびしっと決めたスーツ姿だ。

だがハンドルを握る左手の甲に、植物の葉のようなタトゥーがはっきり見えた。

「マジかよ」

慌ただしくギアをドライブに入れた坂巻が、Uターンしてフェラーリを追う。

「ああ、峯さん。すんません。後で迎えに戻りますけん」

坂巻がルームミラーを見上げ、首をすくめる。

振り返ると、数十メートル後方の路上でコンビニ袋を提げた峯が、途方に暮れた様子で立ち尽くしていた。

フェラーリを追って大通りに出た。

すでにかなり差がついている。連なる車列に阻まれて、見失ってしまいそうだ。

「本当に小山やったとやろうな」

「本当！」

「ぜったいか！　ぜったいやな！」

「ぜったいぜったい！」

「なら、これを屋根に」

坂巻が取り出したのは、赤色回転灯だった。木乃美は窓を開け、赤色回転灯を屋根に置いた。

「マイク使え！」

坂巻が放ったハンドマイクを受け取り、木乃美は言った。

「緊急車両通ります！　道を空けてください！」

赤い光とサイレンの音で道を拓きながら、フェラーリを追う。

障害物がなくなったおかげで、ほどなく追いついた。

「赤いフェラーリの運転手さん、左に寄せて止まってください」

拡声で指示を与えるが、従う気配はない。

「赤いフェラーリの運転手さん」

もう一度呼びかけると、フェラーリは先行する二台の隙間に強引に突っ込み、追い抜いた。逃げる気満々だ。

「やっぱり最初から、張り込みにも気づかれていたんじゃないの！」

でなければ、わざわざ変装して出てくるはずがない。最初からおかしいと思っていたのだ。

「だけん言ったろうが！　張り込み感出し過ぎやって！」

「そっか。ごめんなさい！」

「なんでも謝ってんじゃないよ！　いまのはおれの八つ当たりたい！」

坂巻がアクセルをいっぱいに踏み込む。木乃美は反動で後ろに吹っ飛ばされそうになったが、シートにしがみついてなんとか持ちこたえた。

ここで身柄を確保しなければ、小山は雲隠れしてしまう恐れがある。

「応援、呼ぼうか？」

坂巻は運転に集中していて、返事ができないようだ。

「応援――」

「当たり前や！　早うせいっ」

坂巻がハンドルを右に切る。木乃美の身体は遠心力で左に大きく揺さぶられる。その拍子にハンドマイクを手離しそうになり、おっとっとと空中でお手玉した。

「遊んでんじゃねえよ！」

なんとかハンドマイクを握り、無線のスイッチを入れる。

「至急、至急。交機七八から――」

「交機じゃないやろっ。神奈川二五！」

そうだった。交機七八は木乃美の白バイのコールサインだ。

「神奈川二五から神奈川本部。現在、逃走した強盗事件の重要参考人《ジュウサン》を追跡中。逃走車両は赤のフェラーリ。ナンバーは横浜三三六、『す』の〇〇‐××。戸塚郵便局前を通過、国道一号線を藤沢《ふじさわ》方面に向かって走行中。応援を願いたい」

すぐに応答があった。

『神奈川本部了解。傍受の通り。付近最寄《もよ》りのPCにあっては、神奈川二五に集中運用のこと。以上、神奈川本部』

その後、付近にいた警察車両から応援に向かうという無線が何本か入る。

交信を終えて前方を見ると、先ほどよりも引き離されていた。

「もっと頑張って！」

シートを後ろから叩くと、坂巻が前を見据えたまま反駁《はんばく》する。

「頑張ってなんとかなるもんじゃないやろ！　相手はフェラーリぞ！」

「ライン取りに無駄があり過ぎるの！」

たしかにフェラーリF12ベルリネッタは、フェラーリでも最速のモデルだ。わずか三・一秒で時速一〇〇キロ、八・五秒で時速二〇〇キロにまで加速する。

とはいえ、スポーツカーが公道で潜在能力を最大限に発揮できるわけではない。覆面パトカーのスカイラインでも、じゅうぶんに太刀打《たちう》ちできるはずだ。

先行車両を追い抜く際に、坂巻は大きくハンドルを切り過ぎている。大きく膨らんで対向車線に乗り入れそうになり、不要なブレーキを踏む羽目になる。フェラーリの運転にも無駄は多いが、同じような乱暴な運転では、マシンのポテンシャル勝負になって引き離されるだけだ。ハンドリングとブレーキングを最小限に抑えて無駄をなくすことに専念すれば、なんとか勝負にはなる。

「んなこと言うなら、てめえでやれやっ」

「やれるものならやりたいわよ！」

だが停車して運転を交代する間に、フェラーリは完全に視界から消え去るだろう。

「危ないっ！」

交差点に進入したときに、左から車が突っ込んできた。

うおおおと雄たけびを上げた坂巻が、大きくハンドルを切って避ける。危うくスピンしかけたが、なんとか持ちこたえて追跡を再開する。だがフェラーリの後ろ姿は、先ほどよりも遠ざかっていた。

「部長！」

「なんな！」

「私の指示通りに運転して！」

「なんで……」

文句を言いかけた坂巻だったが、自分よりは明らかに運転経験豊富な交通機動隊員を信じることにしたらしい。

「わかった！」

木乃美は坂巻のシートの後ろに移動し、坂巻の両肩に手を置いた。

「右肩を叩いているときには右にハンドルを切って、左肩を叩いたら左に。本当に危険なとき以外、ブレーキは使わないで。つねにアクセルをベタ踏み状態で」

「大丈夫やろうな！」

「やってみなきゃわからないけど！」

早速前方に先行車両が現れた。フェラーリは強引な車線変更で追い抜いていく。だが引きずられては駄目だ。

木乃美は坂巻の右肩をとんとんと叩いた。

「ゆっくりよ！　ゆっくり……」

覆面パトカーはなめらかなライン取りで、減速することなく車線変更した。

続いて坂巻の左肩を叩く。それに合わせて、坂巻がハンドルを切る。

「なんか、運転上手くなった感じがする！」

坂巻が無邪気に喜び、木乃美もふうと息をつく。

いっさいの無駄なく、先行車両を避けることができた。これでほんの少しだが、フェラーリとの差は縮まったはずだ。

その後も坂巻の肩に手を置きながら、覆面パトカーを操った。次第に呼吸も合って、自分でハンドルを握っている感覚に近づいてきた。

そしてようやくフェラーリの後ろ姿を捉えたのは、茅ケ崎《ちがさき》を通過したあたりだった。

「信じられん！　スカイラインでフェラーリを追い詰めとるわ！」

坂巻は興奮を抑えられない様子だ。

「なにげにおれら、名コンビやないの」

ちらりとこちらに視線を向ける、一瞬の油断が命取りになった。

目の前に猫が飛び出してきたのに、気づくのが遅れた。

「駄目っ！」

木乃美が叫んだのは、急ハンドルと急ブレーキは危険だという意味だった。

だが、遅い。

坂巻はすでに目一杯ブレーキを踏みながら、ハンドルを左に切っていた。

それまでは後ろに流れていた景色が、高速で右へと流れる。

覆面パトカーはスピンした。

木乃美はシートごと坂巻を羽交い絞めにするようなかたちで、懸命にしがみついた。猛スピードで回転する視界に、遠ざかるフェラーリを捉える。フェラーリはあっという間に豆粒ほどの大きさになった。

駄目だ。もう追いつけない。

だが次の瞬間、覆面パトカーの脇をすり抜ける白バイが見えた。

ようやく回転が収まり、坂巻の両肩からへなへなと力が抜ける。

「死ぬかと思うた……おまえのせいやぞ。まったく」

「ごめん」

「いや、本田に言うとるんやない。猫だよ猫。なんとか轢き殺さずに済んだわい」

道路を横切った猫は大騒ぎする人間を蔑むように見つめ、さっさと民家の塀を越えて消えた。

「まったく、愛想のないやつやんな」

坂巻が猫と会話する間も、木乃美はフェラーリと、それに続く白バイが去った方角を見つめていた。

ここから体勢を立て直しても、フェラーリに追いつくことはできないだろう。

後は白バイに託すしかない。

「川崎さん、頼んだよ」

一瞬だがはっきりと顔が見えた。

覆面パトカーを追い抜いていったのは、潤の白バイだった。

7

バックミラーで後方をうかがうと、スピンしていた覆面パトカーが明後日のほうを向いて止まった。

よかった。あの様子なら怪我はなさそうだ。

潤はスロットルを全開にして、フェラーリを追った。

フェラーリ最速マシンとはいえ、その怪物ポテンシャルを生かせるかはドライバーの腕次第だ。空ぶかしの排気音だけは威勢が良くても、無駄の多いハンドル捌きとブレーキワークでは、潤の白バイを振りきれない。

じわじわと距離を詰め、フェラーリの斜め後方についた。

速度計は時速一五〇キロを軽く超え、一六〇キロに迫ろうとしている。転倒でもしようものなら、間違いなく命はない。

ステアリングを握るグローブの内側が、じっとりと汗ばんでいる。慎重に拡声ボタンを押した。

「『す』の〇〇‐××。赤いフェラーリ。止まりなさい！　逃げても無駄よ！」

もはや風が轟音《ごうおん》となって、自分の声がまったく聞き取れない。

フェラーリは止まらなかった。それどころか挑発するようにマフラーから派手に煙を吐き出し、速度を上げる。

このまま行くのは危険だ。

追跡を打ち切るべきか――？

潤の脳裏に、かすかな迷いがよぎった。

だがそのとき、無線の注意喚起音が聞こえた。

『交機六一から交機七四。交機六一から交機七四。応答願います。どうぞ』

風の雑音が混じって聞き取るのは困難だが、どうやらそう言っている。交機六一はパトカーのコールサインで、声の主は元口らしかった。

迷ったが、応答することにした。

「交機七四から交機六一！　なんですか！」

案の定、無線交信ボタンに手を伸ばしたおかげで、フェラーリから少し引き離される。

『逃走車両はまだ国道一号線を西に進んでいるか』

「はい！　いま、検察庁前の交差点を通過しました！」

『了解。大磯《おおいそ》で道路封鎖している。ここまで連れてこい』

「わかりました！」

よかった。ゴールが見えた。

そこからは無理にフェラーリに接近することはせず、距離を保って追跡を続行した。

やがて前方に、道路を塞ぐようにして駐車する二台の白バイが見えた。

待ち受けるのは、元口と梶か。

潤の視力でもそれが確認できたとき、突然、フェラーリが左折した。

簡単に道路封鎖を突破された。

「もう……なにやってんのよ！」

慌てて発進する元口と梶に毒づきながら、潤はフェラーリを追って左折する。

多少速度を落としはしたものの、それでもフェラーリは時速一〇〇キロ近くで暴走する。

「止まれ！」

無駄だと知りつつ、声をかけずにはおれない。

だがフェラーリが速度を緩めることはない。

ふたたび大通りに出ると、フェラーリはタイヤを軋《きし》ませながら右折し、速度を上げる。潤も後を追って右折する。

そしてスロットルを全開にしようとして、潤は息を呑んだ。

前方から、白バイが猛スピードで逆走してくるのだ。

フェラーリが車線を変更すれば、白バイも同じ車線へと移る。

あたかも正面衝突を望むかのように、スロットルを全開にし、迷いのないライン取りで突進してくる様子からは、狂気すら感じた。

ぶつかる――！

そう思った瞬間、フェラーリが左に急ハンドルを切って、白煙を巻き上げた。視界から消える。

白バイが急制動で止まる。

シールドを上げたライダーは、山羽だった。

「班長……？」

唖然とする潤の前で、山羽はバイクを降り、駆け足でフェラーリを追う。

潤もそれに倣い、バイクを降りて走った。

するとそこには、海岸に砂浜が広がっていた。

タイヤの轍《わだち》が弧を描く先に、フェラーリが止まっている。タイヤが砂に埋まり、スタックしたらしい。山羽はこれを狙っていたのか。山羽だけでなく、道路封鎖を突破される失態を犯したかに思えた、元口と梶も。

小山はしばらくタイヤを空回りさせていたが、やがて諦めたらしく、運転席から降りてきた。

砂浜の入り口に立つ山羽と潤を見て、反対方向へ走り始める。

「まーだ逃げんのかよっ」

あきれたように言って、山羽が駆け出す。潤も地面を蹴った。

二〇〇メートルほど砂浜を走ったところで、小山のスピードがみるみる落ちてきた。追いついた山羽が、後ろから飛びつく。

小山は何度か振りほどこうとしたが、砂上の全力疾走でかなり体力を消耗したらしい。息を切らしながら両手を上げる。

「わかった。わかった。もう降参」

「おまえ、ふざけんじゃねえぞ。久しぶりに走ったから足攣《つ》ったじゃねえか」

小山に馬乗りになった山羽が、苦悶の表情を浮かべながら手錠を取り出した。

8

小山の逮捕劇から三日後。

昼食休憩の時間を見計らって、坂巻が陣中見舞いにやってきた。

「お疲れさまです。先日はどうもお世話になりました」

これ、と差し出された紙袋に入っているのは、横浜銘菓の『ありあけハーバー』だった。

「チョイスがベタ過ぎるんじゃないの」

木乃美は不平を言ったが、ほかの隊員は違った。

「やったぜ『ありあけハーバー』！」

元口に紙袋を奪い取られた。包装をびりびりに破きながら開けて、梶に「粗暴な性格が表れてるな」と笑われている。そういう梶も、いち早く元口のもとまで駆け寄って、ちゃっかり自分のぶんを確保していた。

「川崎さんも、どうぞ召し上がってください」

坂巻に声をかけられ、デスクで書類作成をしていた潤が頷いた。

「ありがとうございます」

「着々と事件の解明は進んでいるようだな」

デスクで店屋物のかつ丼を食べていた山羽が、顔を上げる。

「ええ。お陰さまで、ありがとうございます」

小山を逮捕したことにより、事件の全貌が明らかになりつつあるようだ。小山のスマートフォンの通話履歴から割り出された実行犯の多くが逮捕、あるいは補導されたと聞く。

小山は石川町などの繁華街で、未成年に声をかけ、強盗の実行犯をリクルートしていた。当初、峯と坂巻が予想した通り、実行犯は一度きりしか犯行に携わらず、各々の土地勘のある場所で犯行に及ぶよう指示されていたようだ。運転免許を取得していない者には、免許を所持する友人を一味に引き入れ、逃走手段を確保させていた。

目出し帽やマスクなどで顔を隠し、身元を隠すためと、外国人窃盗団の犯行を匂わせるため、口にする台詞は「マニ、マニ」のみ。標的は防犯カメラの設置されていない個人商店。ガス銃を突きつけ、店主の顔に黒いポリ袋をかぶせ、手足を結束バンドで拘束して逃走する。来客などが発見するまでは放置されるので通報は遅れ、被害者は頭に黒いポリ袋をかぶせられているため、逃走方向すらわからない。周辺の目撃情報のみが頼りになるので、当然ながら、車のナンバーまで覚えている者はいない。

奪った金は一割ほどが口止め料として実行犯に渡される以外、ほとんど小山に吸い上げられていたらしい。

「滝川まどかさんの家からも、ハイパーミントは見つかった？」

木乃美の質問に、坂巻が複雑な笑みを浮かべる。

「ああ。おまえの言う通り、机の抽斗に入っていたガムがそうやった」

やはり。滝川まどかの父親の心情を慮《おもんぱか》って、木乃美は少し気分が重くなった。

逮捕された実行犯たちの供述で、ハイパーミントなる危険ドラッグの実態も明らかになった。

ハイパーミントは、板状のガムに似せて作られていた。木乃美と潤は、滝川まどか宅でハイパーミントの現物を目にしていたのだ。使用してもぜったいに警察に逮捕されないと喧伝する小山の自信の根拠は、その形状にもあったようだ。

「滝川宅から押収したハイパーミントを分析したところ、チオペンタールナトリウムによく似た分子構造をしとるらしいです」

「チオペン……なんだそれ」

『ありあけハーバー』をぱくついていた元口が、小首をかしげた。

「自白剤の一種です。ハイパーミントを摂取した実行犯たちは、小山の命令に逆らうことができなくなったみたいですね。指図されるままに強盗に適した標的を選定し、襲撃に及んどったようです。犯行前後の記憶が曖昧だという実行犯が、ほとんどでした」

「見た目はただの板ガム。検査でも反応が出ない。そして相手の命令に逆らえなくなるなんて、恐ろしい薬物だな」

吉村が神妙な顔つきになる。

「そんなやばいもの、小山はどこから入手したんだ」

梶は背もたれを前にして、椅子に座った。

「それはまだわかっていません。小山もその部分だけは、かたくなに口を閉ざしています」

坂巻が頬を膨らませ、ふうと息を吐く。

「普通に考えたら、野毛《のげ》組じゃねえの」

元口が口にしたのは、小山が準構成員だったとされる指定暴力団の名前だ。古くから伊勢佐木町界隈を縄張りにしている。

「うちとしてもその線を探ってはみたんですが、どうも可能性は低い気がします。そもそも野毛組は、薬物関連のシノギを禁じとります。そして小山は野毛組に出入りしていた過去はあるものの、正式に盃《さかずき》をもらってはいません。ようはやくざというよりただのチンピラで、野毛組としても最近の小山の動向を、それほど把握しておらんかったようなんです」

「よくよく考えてみると、たしかに野毛組の線は薄い気がするな。なにせ、昔ちょっとかかわりのあった暴走族の名前を盾にしているぐらいだ。本当なら、野毛組の名前を出せばいいところを」

梶が椅子の背もたれに顎を載せる。

「つまり横浜狂走連合を名乗っていたのは、ケツ持ちがいるように見せかけるため、ということか」

山羽の質問に、坂巻が頷く。

「そういうことのようです。野毛組は薬関係のシノギを禁じていますから、野毛組の名前を出すわけにはいきません。かと言うて下手に適当な暴力団の名前を出していたら、相手がその関係者だった場合、自分の身が危険になる。そこで小山が思い付いたのが、かつて暴力団の向こうを張るほどの勢力を誇った、伝説の暴走族を復活させる――正確には、復活したように見せかけることやったとです」

捜査員が小山の写真を持って九鬼のもとを訪ねたところ、九鬼はうっすらとだが覚えていたようだ。横浜狂走連合の解散時点でまだ十五歳だった小山は、正式に所属したことはなく、使いっ走りのような存在だったらしい。ステッカーを配っていたのは宣伝のためだったと供述しているようだが、憧れだった暴走族の中心メンバーになるという念願を成就させたいという心理も働いていたのかもしれない。

「だがそんな、存在しない暴走族の威を借りないと商売できないようなしょっぱいチンピラが、どうしてまだ市場に出回っていないような新種の危険ドラッグを、扱うことができたんだ」

かつ丼を詰め込んだ口をもぐもぐと動かしながら、山羽が眉をひそめる。

「自分で作ったのかな」

梶の呟きに、元口がここぞとばかりに茶々を入れる。

「さすがですね、梶さん。名推理ですよ。普通の人は、そんなこと思ってもなかなか口には出せません」

「おまえ、もしかして、おれのことからかってるの」

「もしかしなくても、からかってますよ」

二人のやりとりに失笑しつつ、坂巻は表情を引き締めた。

「入手ルートについては、小山を締め上げていずれ必ず解明します」

「必ず」をことさらに強調する。

「ひとまずは、一連の強盗事件の主犯が捕まってよかったじゃないか」

吉村が話をまとめた。

「ところで本田。折り入って相談があるんやけど……」

坂巻がちょっといいかと、引き戸のほうに親指を立てる。

「なに、相談って」

「ここじゃなんやけん」

外へ、と目顔で言われた。

「なんでよ。別にここでいいじゃない」

「いいから頼むわ」

しかたなく腰を上げ、表に出た。

「あらたまってなに」

「実はこれなんやけど……」

もぞもぞと懐を探った坂巻が取り出したのは、青切符だった。告知者欄には木乃美の署名が入っている。

坂巻が揉み手をする。

「この前合コンで知り合った女の子なんやけど、なんとかならんかってお願いされてさ」

「まさか揉み消せって言うんじゃないでしょうね」

「頼むよ。後生やけん」

「無理に決まってるでしょう。交通反則告知書は通し番号が入っていて、一枚でもなくしたら大事《おおごと》なんだから」

「そうなのか」

「当たり前じゃん。警官のくせになに言ってるの」

がっくりと肩を落とす坂巻に、たっぷり軽蔑の眼差《まなざ》しを注いでやる。

「どうせ自分がなんとかしてあげるとか、安請け合いしちゃったんでしょう」

書面に目を通し、青切符を突き返した。

「ぜったい無理だから」

「どうしても?」

「どうしても」

坂巻はがっくりと肩を落とした。

何度も未練がましく振り返る坂巻を追い払い、事務所に戻ると、梶が訊いた。

「坂巻、なんだったの」

「反則の揉み消し依頼です。あきれてものも言えない」

「なるほど。いわばこれも袖の下だったわけか」

元口は『ありあけハーバー』の空き袋をかざした。

木乃美は肩をいからせながら、壁際に置かれたスチール製の書庫に向かう。背の高い書庫にはガラスの引き戸がついており、分厚いファイルが収納されている。すべて青切符の控えだった。

「もしかして、揉み消してやるつもりか」

血相を変えた梶の言葉に、木乃美はかぶりを振った。

「違います」

そんなこと、するわけがない。

ファイルの背表紙には日付が記入されている。最新のファイルを抜き取り、開いた。ぱらぱらとめくって、先ほどの青切符に記載されていた名前を探す。

「ならなにやってんだよ」と元口。

「いや。変だなと思って。告知書にはたしかに私の署名があったんですけど、反則場所にも、反則者氏名にも覚えがないんです」

以前に切符を切ったはずの青木のことも覚えていなかったし、最近こういうことが多い気がする。少し不安になってきた。

元口が椅子を引き、歩み寄ってくる。

「そんなの普通だろ。おれなんて、今朝切符切った相手の顔も忘れたぞ」

すかさず梶が突っ込んだ。

「そりゃおまえだけだよ。カミさんの顔も忘れるんだろ」

「毎日知らない女が家で待ってたら、新鮮でいいですよね」

「そんで、毎日家に帰るたびにがっかりするんだよな」

綴じられた告知書の日付を過去へと遡っていると、おもむろに潤が振り向いた。

「それ、あれじゃないの。本田さんが自分の署名入りの青切符を、間違って元口さんに渡しちゃった日の」

「ああ。そんなこともあったな」

元口が苦笑いしながら、横から覗き込んでくる。

「これだ」

木乃美は、先ほど坂巻が持参したものの写しを見つけた。

「これな。そうそう。おれの字だ。我ながら上手く本田の字に似せられたな」

元口が満足そうに反則日時や反則場所の欄を指差す。

「本当だ。署名は私だけど、よく見ると、たしかに私の字じゃない」

それなら覚えていなくても当然だ。木乃美が取り締まった相手ではないのだから。

「この日たしか、四枚ぐらいだっけ……間違えて持って行った本田の署名入り告知書を、そのまま使ったの」

元口の言う通りだった。告知者欄だけが木乃美の字で、ほかが別人の字になっている告知書が、四枚ほど続いている。

その最後の四枚目に目を通したとき、木乃美の視界に暗幕が下りた。

「どうした。本田」

怪訝《けげん》そうに見つめる元口の声も、鼓膜を素通りする。

いったいどういうことだ。

なにかの見間違いか。

何度も何度も確認するが、記載された事項は変わらない。

そんな馬鹿な……ありえない。

開いたファイルを持つ手が、小さく震えていた。

9

今日二枚目の青切符を交付したところで、青木が現れた。

いつもの時間帯右折禁止の漁場だった。もうすぐ右折禁止が解除されようかという時刻で、交通量も落ち着き始めている。

「また、いらしてくれたんですね」

青木が缶コーヒーを差し出してくる。

「ありがとうございます」

木乃美は笑顔で受け取った。

「今日の成果は、どうですか」

「私にしては、悪くないと思います」

「そうか。それはよかった」

青木は眼鏡を直しながら微笑んだ。

「この前は、どうもありがとうございました。本田さんの励ましで、元気が出ました。僕にはこの道しかない。もう戻ることはできないんだと思ったら、迷いが吹っ切れました」

「青木さんて、この近くにお住まいなんですよね」

「ええ。すぐそこです」

「あれ、そっちですか。おかしいですね」

木乃美は青木の指差す方角を見て、首をかしげた。

「どうしてですか」

「昨日、青木さんに交付した反則告知書の控えを確認したら、住所はあの家になっていたんですが」

すぐそこに建つ一軒家の二階を指差すと、青木の顔色が変わった。

「あなたいったい、誰なんですか」

告知者欄が木乃美の名前になっているものの、実際には元口が交付した四枚の青切符の中に、青木という名を発見した。その前後の青切符の控えを確認したが、木乃美が取り締まった中に、青木という名の違反者はいなかった。つまり、木乃美は青木を取り締まってはいない。

念のため、山羽の撮影した青木の写真を、元口に見せた。木乃美が取り締まっていないということは、元口が交付した木乃美名義の青切符の中の一枚が、木乃美の知る青木なのだろうか。

ところが、写真を見た元口も、見覚えのない顔だと答えた。

木乃美の知る青木は、青木を騙る偽者なのだ。

「以前、私に切符を切られたとおっしゃっていましたが、本当は違いますよね。缶コーヒーをくださったあの日が、初対面だったんじゃないですか」

――やっぱりそうだ。本田さん……ですよね。

第一声はそれだった。振り返ってみると、探るような口調だった。木乃美が否定しなかったために、あたかも相手が自分を知っているのが既成事実のようになった。

青木は無言のまま立ち尽くしている。

木乃美はふたたび一軒家の二階を示した。

「私が取り締まったことになっている青木さんは、青木毅《たけし》さんといって、あちらのお宅に住んでいます。年齢もまだ十八歳です。あなたは二十七歳の大学院生で、住まいもアパートなんですよね」

しばらく地面の一点を見つめていた青木だったが、やがて観念したように頭を下げた。

「すみませんでした。毅は私の弟です。私は尚《ひさし》といいます。青木尚です。あれは私の実家で、私はこの近くのアパートで一人暮らしをしています」

「どうして弟さんのふりをしたんですか」

「それは、どうしても本田さんとお近づきになりたくて……」

青木が頭をかき、はにかんでみせる。

無性に腹が立ってきた。

「嘘ですよね」

冷たく言い放つと、青木から笑顔が消える。

「私の推理を聞いていただいても、いいですか」

「なんですか、推理って。探偵ごっこかな」

必死に茶化して余裕を装おうとしている。

「私がこの場所で取り締まりをするのは、今日で三回目です。その三回とも、あなたは現れました。この近くのアパートに住んでいると言っても、この場所が見えるほど近いわけではなさそうだから、おそらく毎回、弟さんがあなたを呼んでいるんだと思います」

「なぜ殺が私を……？」

半笑いで質問された。

「ここから見えるあのお部屋が、弟さんのお部屋じゃありませんか」

青木邸は手前に建物があり、二階部分しか見えていない。その二階部分の窓には、カーテンがかかっていた。

「そうですが、それがなにか」

「弟さんのお部屋からは、私の白バイがつねに見えています。私は交通取り締まりのためにここに来ているのですが、それが弟さんには、自分を対象とした張り込みのように思えたのではないでしょうか」

「なんですか、それは。まるで弟がなにか犯罪でもしでかしたみたいですね」

「しでかしていないんですか？」

青木は気分を害したようだった。

「失礼なことを言うものだな。なにを根拠にそんなことを」

「弟さんが交付された告知書を確認しました。反則場所は万世町《まんせいちょう》二丁目になっていました。青切符の告知者欄に記入されていたのは私の名前ですが、実際の担当者は違います。その担当者に訊くと、違反車両はトヨタのカローラルミオン――」

木乃美たちのいる位置からは見えないが、青木邸の駐車スペースに、ブラックのカローラルミオンが止まっているのは事前に確認してある。

「取り締まりの際、弟さんには、このあたりでも最近、強盗未遂事件が起きて物騒だという話をしたそうです。なんということのない世間話ですが、心当たりのある人にはひやりとする内容でしょうね。その後、自宅の前で白バイを見かけるようになったら、自分がマークされていると誤解するのもしかたないのではないでしょうか。日ノ出町で発生した強盗未遂事件の、重要参考人として」

坂巻と峯が湊署に調べに来た、日ノ出町の強盗未遂事件。その犯人がおそらく、青木毅だ。

「なにを言っているんだ。いい加減にしてくれないか。だいたい、それが本当だとしても、私には関係のない話じゃないか」

「あるんです。なぜなら、弟さんは自分の意思で強盗に及んだわけではないからです。このところ頻繁に報道されている、ハイパーミントをご存じですか」

「もちろん知っている。チオペンタールナトリウムによく似た、分子化合物でしょう。ゼミでも話題になっている」

「あなたが作ったんですよね」

青木が絶句する。

「なにを言う」

「そう考えると、合点がいくんです。かりに弟さんが強盗未遂犯だとしても、あなたが私に近づく理由はない。けれど、弟さんの強盗未遂に、あなたが関与していたとしたら……警察の捜査の手が自分に迫っていると怯える弟さんの、自首を食い止める必要がある。なぜならば、ハイパーミントを摂取させた上で弟さんに強盗を命じたのは、あなた――つまり主犯はあなただからです。あなたは私が、強盗未遂の捜査でここにいるのではないと証明する必要があった。だからわざわざ、青切符を切られた弟さんのふりをして私に近づいたんです」

弟の青木毅は元来、強盗など働けない小心者なのだろう。

ハイパーミントの作用によって強盗未遂事件を起こした青木は、金属バットで応戦してきた店主の脚が悪かったことが幸いし、逃走車両や逃走方向を目撃されることもなく、その場を逃げおおせた。

だがその後もずっと、警察の影に怯えていたに違いない。

そんなとき、たまたま現場からそう遠くない場所で、元口に青切符を切られる。

このあたりでも強盗未遂事件が起こって物騒だという元口の世間話は、まったく他意のないものだったが、当事者である青木毅には、そう受け取れなかった。事件から一か月が過ぎ、ほとぼりが冷めてきたかと思いきや、そうではないのかもしれない。自分はすでに警察からマークされているのではないかと、疑心暗鬼になる。

そして、自宅付近で張り込む木乃美の白バイを見つける。

白バイに見張られていると思い込んだ毅は、兄の尚に電話をかける。そこで、もう逃げられないから自首すると弱音を吐く。

尚は弟の妄執が誤解であることを証明し、また衝動的に自首されるのを防ぐ意味でも、木乃美に接触し、親しげにする必要があった。おまえの名前を出しても警察はまったく反応しなかったよと、弟に伝えるために。

青木毅の青切符を交付したのは自分でないと知った時点で、木乃美は坂巻に相談した。坂巻が青木毅の身辺を調べたところ、ほどなく兄の青木尚が浮かび上がる。

青木尚は大学院で有機化学を専攻し、創薬の研究に携わっていた。

「そう思うなら、そう思っていればいい。不愉快です。もう帰ります」

踵を返そうとする青木尚の眼差しには、最初に会ったときの穏やかさはなかった。

「まだ、あなたを帰すわけにはいきません」

木乃美は語気を強めた。

青木尚は半身になりながら、眼鏡の奥で目を細める。

「件《くだん》の強盗未遂事件では、あっけなく犯人が撃退されたため、現場に遺留品がほとんど残されていません。防犯ビデオも設置されておらず、店主は脚が悪かったため、犯人の逃走方向すらわかっていません」

青木尚の唇の片端が、かすかに持ち上がった気がした。

「ですが、弟さんが青切符の交付をきっかけに、警察の影に怯え始めたのだとしたら、その青切符を交付された反則場所が、重要になるのではないかと考えました」

元口が青木毅を取り締まったのは、ふだんの漁場ではない裏道だった。

ということは、いつも白バイが出没するような場所ではない。

青木毅はそのことを知っていたからこそ、つい油断して元口の白バイに捕まったのではないか。

そして強盗未遂の犯行当日にも、その道を逃走経路として使用していたのではないか——。

「捜査一課の同僚にそのことを話したところ、弟さんが青切符を交付された道を、徹底的に調べ直してくれました」

逃走経路として使用するような道だから、防犯カメラなどの設置されたコンビニなどはない。だが、当初はどの方向に逃走したのかすらも見当がつかないような暗中模索の状態だったのが、犯人らしき人物の逃走方向と、おそらく逃走に使用したであろう道まで判明したのだ。漫然と捜査していたときとは、おのずと捜査員のモチベーションにも影響してくる。

その結果。

「防犯カメラに映っていたんです。当日の事件発生時刻に、現場から逃走したと考えて矛盾のない時間に。弟さんが切符を切られた裏道を走行する、黒のカローラルミオンが」

「そんな馬鹿な。ありえない」

青木尚はあきれたようにかぶりを振る。

木乃美は毅然《きぜん》とした態度を崩さなかった。

「それはどういう意味ですか。逃走経路は事前に確認してあるから、防犯カメラに捉えられるはずがないということですか。あったんです。何者かによってシャッターにスプレーでいたずら書きをされる被害に悩み、道路に向けて防犯カメラを設置したというお宅が。そのカメラ映像では、ドライバーの横顔と、鼻の下あたりが血で赤く染まっている様子まで確認できました」

青木尚が目を見開いた。

木乃美は青木邸の方角を見やる。

ちょうどスーツ姿の捜査員数人が、青木邸に吸い込まれていくところだった。

ほどなく、激しい物音や悲鳴が聞こえる。逮捕に抵抗して、青木毅が暴れているのだろう。

「これから弟さんを連行して、お話をうかがいます。かりに弟さんが否認したところで、被害者である店主が使用した防犯用の金属バットには、犯人の血液が付着していたそうですから、ＤＮＡ鑑定もできます。ぜひあなたにも、お話をうかがいたいのですが」

青木尚がわずかに後ずさりした。

木乃美は射るような眼差しになる。

「あなたは研究者同士の競争に敗れ、能力を歪んだ方向に向けてしまったんでしょう。その結果、ハイパーミントのような危険ドラッグを生み出してしまった。そしてあなたは、手始めの実験台に弟の毅さんを選ぶ。ハイパーミントを摂取した弟さんは、あなたの命令通りに強盗に及ぼうとしたものの、あえなく撃退されて未遂に終わってしまった。あなたは薬を作る専門家でも、犯罪の専門家ではありません。そこで餅は餅屋ということで、その後の犯行については、犯罪慣れした小山に一任することにした」

小山の主導した八件の連続強盗と、その前に発生した日ノ出町の強盗未遂は、手口こそ違えど、青木尚の開発したハイパーミントで繫がっていた。

「終わりよ。もう」

木乃美が一歩踏み出し、青木が一歩引く。

青木が背を向け、駆け出そうとしたそのとき、坂巻が登場した。景色に溶け込んでいた坂巻の同僚たちも、いつの間にか青木を取り巻いている。

「はいはい。逃げても無駄やけん観念せえや」

坂巻が両手を広げ、青木に歩み寄る。

「畜生っ！」

青木が殴りかかったが、坂巻はひょいとかわした。

「やめとけって」

ひらりひらりと攻撃をかわし、最後は足を引っかけて青木を倒した。

「だからやめとけって言うたやないか、もう」

後ろ手にして膝で抑えつけながら、手錠をかける。

立たせた青木をパトカーまで誘導し、頭を押さえて後部座席に乗り込ませながら、坂巻がこちらを振り向いた。

「本田！」

「なに」

「男は星の数ほどいる！　気にすんな！」

なぜかこの場面で百万ドルの笑顔を見せる同期の意地悪さに、かちんときた。

Top GEAR

1

坂巻透は壁にもたれて立ち、腕組みをしていた。

目の前のデスクでは、峯と青木尚が向き合っている。

「小山と知り合ったのは、『クラブY』だったんだな」

峯がデスクの上で手を重ね、青木がふてくされた様子で頷いた。

坂巻はデスクに手をつき、青木に顔を近づける。

「頷くんやなくて、きちんと『はい』か『いいえ』で返事しろや。小学校で先生にそう教わったやろうが」

青木がふん、と鼻を鳴らす。

「なんや、おまえ」

坂巻は三白眼で睨みつけた。

「息が臭いますよ。もしかして、胃が悪いのかな」

「なんだとこら！」

怒鳴りつけると、峯に窘《たしな》められた。

「坂巻。落ち着け。おまえは離れてろ」

追い払われ、青木を睨みつけたまま壁際に戻る。

神奈川県警本部の取調室だった。窓がなく、デスクと椅子のみという殺風景な狭い部屋だ。

「ハイパーミントが完成して、最初に弟で試そうと思ったのは、どうしてだ」

「どうして？」

青木はなぜそんなことを訊くのかという感じに、小首をかしげる。

「一番使いやすいからに決まってるでしょう。高校を卒業して職にも就いていない役立たずだから、多少は役に立ってもらわないと」

クズだな。坂巻はこみ上げる不快感に顔を歪めた。

青木が逮捕されたことで、小山も青木からハイパーミントを入手していたことを認めた。入手先について黙秘していたのは、出所後にまたハイパーミントを譲ってもらうためだったというから、あきれるばかりだ。

　青木の弟である毅は、素直に自供している。大学院で有機化学を専攻する兄と比べれば不肖の弟ということになるのだろうが、兄よりかはだいぶ人間的な感情が残っているようだ。兄から与えられたハイパーミントを摂取しただけで、あんな大それたことをしでかしてしまうとは予想もしなかったと、涙ながらに犯行を告白したという。事件以来、罪悪感に苛まれ、自首をしようか迷っていたらしい。

　青木尚は大学の研究設備を利用して、ハイパーミントを開発していた。製造したハイパーミントについては、自宅アパートに保管していたようだ。すでに家宅捜索を行い、段ボール二箱ぶんが証拠品として押収してある。

　峯による取り調べは続く。

「弟に強盗未遂を犯させた後で、小山に犯行を持ちかけたんだな」

「犯行というか、ビジネスですよ。私はハイパーミントの効果を知りたい。小山はクラブで声をかけた子たちを操って強盗させ、リスクなく金を手にすることができる。Ｗｉｎ‐Ｗｉｎの関係です」

　なにがウィンウィンだ。パンダの名前かよ。くそったれ。

「小山から分け前を受け取っていなかったのか」

「必要経費はいただいていましたよ。だが、利益は出ていません」

「なぜ金を受け取らない」

「金が目的じゃないからです」

「なにが目的なんだ」

「目的……か」

青木が虚空を見上げる。

「考えたこともありませんでした。強いていうならば、知的好奇心を満たすこと、でしょうか」

けっ、と坂巻は顔を背けた。インテリの理論武装にはうんざりだ。

峯はあくまで穏やかだった。

「もしもこの時点で、警察に捕まらなければ、なにがゴールだったんだ。ハイパーミントを使って、なにをするつもりだった」

「ハイパーミントでなにをするか、については、あまり考えていません。私は商売人じゃない。研究者ですから。ハイパーミント自体の精度を、より高めたいという思いはありましたが」

「それじゃあ、おまえが研究者で、小山が商売人というわけかな」

「まあ……」

青木が顎をかく。

うつろな目で中空の一点を見つめた後、口を開く。

「そういうことになるんでしょうか」

坂巻は背中を壁から剝がした。

ひとつ、訊いておきたいことがあった。

「おまえさ、なんで本田に好意があるような振る舞いをしたとな」

「彼女はいかにも不器用そうなので、こちらがいくら口説いても個人的な関係には至らないと思ったからです」

「ふざけんじゃねえぞ」

「ふざけていませんよ。こちらとしては彼女と親しげに見せることで、毅の自首を思い留《とど》まらせることができる。彼女は彼女で、久々に異性に言い寄られたことで気分がよくなる。Ｗｉｎ‐Ｗｉｎでしょう」

「思い上がりもいい加減にせえや」

青木に歩み寄ると、峯が手の平を向けた。

「はたして思い上がりでしょうか。彼女、浮かれていたでしょう。白バイを乗り回すような野蛮な仕事をしていると、どうしても出会いの機会が乏しくなるでしょうからね。私が夢を見させてあげ――」

「てめっ」

身体が勝手に動き、両手で胸ぐらを摑んでいた。

「やめろって、坂巻」

峯も立ち上がり、坂巻の肩を摑む。

「何様のつもりな！　毎日どんな思いで取り締まりに臨んどるのか、おまえにわかるんか！」

「坂巻。やめておけ」

刑事になる前、坂巻も少しだけ交通課に在籍したことがあった。

ドライバーから忌み嫌われ、ときには罵声を浴びせられたりもする交通取り締まりという仕事を手放しで好きだと言える警察官は、おそらくいない。白バイ隊員たちを突き動かすのは、安全への思いと使命感だ。

「あなたもしかして、彼女のことを……」

青木が頬にいやらしい笑みを湛《たた》えた。

「おまえ馬鹿だろ。本田だけやなくて、交機隊全員の話をしよるったい。どうしてそうやって、すぐに惚《ほ》れた腫れたの問題にしようとするかね。おれにはユキナちゃんがいるんだよ！　この素人童貞《しろうと》が！」

「しろ……素人童貞だと」

青木がむっとする。

「坂巻。そのぐらいにしておけ」

あきれ顔の峯が手をひらひらとさせたそのとき、扉が開いて同僚の捜査員が入ってきた。

「なんだ」

峯が振り返り、坂巻は青木から手を離す。

同僚の手には、スマートフォンが握られていた。それを峯に手渡しながら、ごにょごにょと耳打ちする。

同僚が出て行った後、峯はスマートフォンを操作しながら訊いた。

「小山が逮捕される少し前ごろから、頻繁に電話をかけている相手がいるな。契約者名はすでにわかっている。向井忠敏《むかいただとし》。保土ケ谷《ほどがや》区在住のようだが、こいつとはどういう関係だ」

青木は無表情で、椅子の背もたれに身を預けた。

「答えろ」

さっきまでの饒舌《じょうぜつ》さが嘘のように黙り込む。

「答えろや！　おまえ！」

坂巻が胸ぐらを摑んで揺さぶっても、かくんかくんと首を振るだけだった。

スマートフォンの画面を見ていた峯が、視線を上げる。

「もしかしてこいつ……新しい商売人か」

笑いを堪《こら》えるように、青木の頰が不自然に痙攣《けいれん》した。

峯と坂巻は互いの顔を見合わせる。

「リスクはヘッジするものですよ」

青木が酷薄な笑みを浮かべた。

2

向井の住むアパートは横浜市保土ケ谷区の、大池道路から少し入ったところにあった。

電話会社に位置情報を要請して問い合わせたところ、おそらくいまは在宅している。

三台の覆面パトカーに分乗した十人の捜査員は、近くの駐車場に車を置き、アパートの周囲を包囲した。

二階建てアパートの二〇一号室。外階段をのぼってすぐの部屋だ。

坂巻と峯は扉の前に立った。電気メーターが回転しているのを確認し、坂巻が扉をノックした。

こんこんこんこん、と小刻みなノックをして、反応を待つ。

耳を澄ましても生活音は聞こえない。

もう一度、こんどは先ほどよりも強めに叩いた。

「向井さん。向井さん。いらっしゃいませんか」

やはり反応はない。

「寝とるんですかね」

振り返ると、峯が肩をすくめた。

ふたたびノックしてみる。

「向井さん。神奈川県警です。出て来ていただかないと、鍵を開けて入らせていただだくことになります。向井さん。いらっしゃいませんか」

「駄目だな、こりゃ。大家にお願いしよう」

柵から身を乗り出し、下で待機する捜査員に呼びかける。

「すみません。大家さんにマスターキーを借りて来ていただいていいですか」

「わかった」

指でOKマークを作った同僚が、おそらく大家の住まいだと思われる、同じ敷地内の一軒家に向かう。

そのとき、背後で勢いよく扉が開いた。

膝まで丈のあるだぼだぼのTシャツにキャップの男が、猛然と階段を駆けおりる。

「おい、待たんか！」

坂巻と峯も階段に向かった。

「止まれ！」

階段の下では、同僚が両手を広げて通せんぼしている。

だがTシャツの男は、階段の途中でひらりと手すりを飛び越え、着地した。

そこにも捜査員が待ち受けているが、左フック一閃《いっせん》。ノックアウトしてしまう。

階段の下で通せんぼしていた捜査員が飛びつこうとする。しかしTシャツの男は肘で捜査員の頬を打ち抜き、これまたノックアウトした。

大家の家に向かいかけていた二人の捜査員が慌てて戻ってくる。

坂巻と峯は、Tシャツの男の背後から駆け寄る。

大家の家から戻ってきた二人が、Tシャツの男に同時に飛び掛かる。二人とも柔道有段者だが、一人が右腕、もう一人が左腕にしがみついて抑えようとしても、まだ振り回されている。とんでもない腕力だ。

坂巻は男の背後からタックルし、腰にしがみつく。

その拍子に後ろ蹴りで顎を蹴り上げられ、一瞬意識が飛びかけたが、なんとか持ちこたえた。

男に後ろから抱きついたまま、足を開いて踏ん張り、腹に力をこめる。

「離せ！」

腕にしがみついていた二人に指示を出すと、二人がさっと飛びのいた。

坂巻は腹に力をこめ、顔を真っ赤にしながら踏ん張った。地面から木の幹を引っこ抜くように、男を持ち上げる。

「うおおおおおおっ！」

雄たけびとともに背中をそり、プロレスのジャーマンスープレックスの要領で相手を地面に叩きつける。

後頭部を強打した男は、そのまま頭を支点に綺麗な倒立姿勢になった後、うつ伏せに地面に倒れ込んだ。

なおも立ち上がろうとするので、とっさに飛び付き、チョークスリーパーで絞め上げる。

「向井か！　おまえが向井忠敏か！」

男が坂巻の腕を何度か叩き、降参の意を示す。

解放すると、男はぐったりと倒れ込んだ。

坂巻は男のジーンズを探り、スマートフォンを抜き取る。

発信履歴を確認して、目の前が真っ暗になった。

ついさっき、誰かに電話をかけている。

男のかぶっていたキャップのつばを下から手で払い、キャップを脱がせた。髪の毛を掴んで顔を持ち上げる。

「警察がこんなことしていいのかよ」

苦悶の表情を浮かべる男の眼前に、スマートフォンを突きつけた。

「誰に電話をかけた！」

男がいやいやと顔を逸らしたので、地面に顔面を打ちつけてやる。

ふたたび持ち上げた男の鼻からは血が流れていた。

「この番号は誰だ！　誰にどこを襲わせた！　早よ言わんか！」

3

『至急、至急。神奈川本部から各局。新城《しんじょう》管内にて強盗事件発生。現場は川崎市中《なか》原《はら》区新城○番地×番×号。詳細入電中』

木乃美が無線を傍受したのは、東急田園都市《でんえんとし》線たまプラーザ駅に近い県道一三号線の路上だった。

「なんかほら、ごちゃごちゃいってるよ。緊急なんじゃないの」

作業服姿の禿《は》げ上がった中年男は、速度違反で木乃美が止めた違反者だった。

「ありがとうございます。後で確認します。いまはこっちのほうが大事ですから」

免許証の情報を青切符に転記する手を止め、微笑んでみせると、中年男は残念そうに唇を歪めた。

「お手間取らせました。ありがとうございます。今後は安全運転でお願いします」

手続きを終え、走り去る違反車両を敬礼で見送る。

バイクに戻ると、強盗事件の続報が流れていた。

取り締まり手続きをしながらも、無線にはしっかり耳を傾けていた。

被害に遭ったのは、川崎市中原区のパチンコ景品交換所だった。

犯人は目出し帽をかぶった二人組。窓口係の女に拳銃を突きつけて押し入り、金庫の現金をボストンバッグに詰めると、窓口係と、たまたま居合わせた客の女を縛って立ち去った。被害額は二千万円にも及ぶらしい。

逃走車両のメーカーは不明だが、事件直後に現場近くを猛スピードで走行するグリーンのミニバンが目撃されているため、逃走車両はグリーンのミニバンと思われる。

『神奈川本部から各局。逃走方向不明のため、広範囲の検索を実施されたい。不審車両については徹底職質、事件との関連性につき、職質を徹底願いたい。なお犯人グループは拳銃を所持しており、武装している模様。受傷事故防止には特段の留意を願いたい。以上、神奈川本部』

もちろん気をつけるつもりだし、該当車両と思われる車両を発見したら、追いかけて職務質問をするようには努める。だが基本的には、交通機動隊の仕事ではない。

連続強盗事件では行きがかり上、首を突っ込むことになってしまったが、今回はどこか他人事のように捉えていた。

が——。

スマートフォンが鳴った。

発信者は坂巻だ。

ヘルメットを脱いで、電話に出る。

「お疲れ。どうしたの」

我ながら呑気な声が出た。緑の多い郊外の新興住宅地。晴れた平日の平和な午後だ。

だが坂巻の声には、緊張感が漲っていた。

「いま無線で流れている強盗事件、あるやろうが」

「うん。概要は聞いた」

「犯人グループは、ハイパーミントを摂取して犯行に臨んどる」

現実に思考が追いつくまで、時間がかかった。

「どういうこと？」

事件は終わったのではないか。

ハイパーミントの製造者である青木尚は逮捕されたし、青木のアパートにも家宅捜索が入り、残りのハイパーミントも押収されたはずだ。

「青木のやつ、小山だけでなく、別の人間にもハイパーミントを卸しとったとたい。向井忠敏。指定暴力団伊納《いのう》組の構成員だ。ついさっき向井の身柄を確保したとやが、直前に電話で命令を与えとった。向井の指示した標的が、中原区のパチンコ景品交換所やった」

「電話で指示した人間を逮捕したってことは、実行犯の身元もわかるってことだよね」

「わかっとる。竹下剛史《たけしたつよし》と上田伸吾《うえだしんご》。向井によると、二人とも伊納組の開帳するバカラ賭博で多額の借金をこしらえた男らしい。ようは強盗してでも金返せって脅したとやな。とはいえ、まさか本当にそんなことができるとはと、主犯の向井自身も驚いとる。竹下も上田も、追い込みかけると泣いて土下座するような小心者だったという話やけんな」

「ハイパーミントが効いているんだね」

「そういうことたい。わざわざ強盗なんて真似ができそうもない、気の小さいやつを選んどるのは、青木のリクエストだとよ。あのクソ野郎。小心者に反社会的行動をとらせることで、ハイパーミントの臨床試験でもやっとるつもりのようだ」

坂巻がいまいましげに舌打ちする。

「たしか無線では、犯人は武装しているって言っていたけど」

小山の指示で動いていた実行犯たちが所持していたのは、ガス銃だった。今回もそうなのか、あるいは本物なのかで、緊急性がだいぶ違う。

「その点はまだはっきりしとらん。いま、うちの捜査員が向井を絞り上げている」

「そっか……」

「もうおまえには関係のない話ではあるんやが、おまえだって連続強盗事件の捜査本部に参加したわけやけんな、いちおう伝えておこうと思って電話した」

「わかった。ありがとう」

「おれはこれから現場のほうへ向かう」

通話を終え、スマートフォンをしまおうとしたとき、ふたたび振動を感じた。

今度の発信者は潤だ。

「もしもし、本田さん？」

「どうしたの」

「いま、どのあたりを警らしてる？」

「いま、たまプラーザの近く」

「そう。私は大倉山《おおくらやま》あたりにいる」

大倉山は東急東横線の駅だ。

「それがどうしたの」

現在地を聞いてどうしようというのか。

「さっき、強盗事件の連絡が入っていたじゃない。あれって――」

「犯人はハイパーミントを摂取しているらしいよ。いま、坂巻から電話があった」

「やっぱりそう。なんとなくそんな感じの胸騒ぎがして、電話した」

坂巻から連絡をもらうまで、自分はそんな可能性をまったく考えなかった。やはり潤は優秀だ。というより、もしかして自分が鈍いのだろうか。

「私、これから川崎市のほうを警らするから」

つまり、木乃美にも犯人を捜索して欲しいということらしい。

「私も、現場のほうに向かいながら警戒する」

気を付けてと声をかけ合い、電話を切った。

ひとまず国道二四六号線で川崎市に入る。

対向車を注意深く観察しながら走行していたが、考えてみれば逃走にこんな大通りは使わないかもしれないと、鷺沼《さぎぬま》あたりで支道に入った。

そのときだった。

「えっ……」

前方から走ってきたグリーンのミニバンとすれ違った。

4

いや。ミニバンというよりワンボックスだ。そしてグリーンというより、正確にはシルバーグリーン。車種は日産セレナ。

木乃美は、すれ違う際に見た車内の様子を思い返してみる。

運転手はチェックのシャツを着た短髪の男。年齢は三十歳前後か。精悍《せいかん》な顔つきで、肩幅も広く、僧帽筋がこんもりと盛り上がっている。格闘技経験者だろうか。

助手席は空いているが、後部座席から乗り出すようにしている男が一人。紺色のフリースを着て、青白い顔色にぎょろりと大きい割には精気のない目が印象的だ。左耳に銀色のピアスが二個、光っている。

そしてシートの隙間から覗く黒いボストンバッグ。

どうだろうか。無線の情報と合致している部分もあるし、百パーセントそうだとは言えない部分もある。

だが、もしもあれが犯人だった場合、見逃すわけにはいかない。勘違いでも、せいぜい罵倒されて終わりだ。

行こう。

「後方、よし！」

逆操舵の状態から、スロットルを開いていっきに車体をバンクする。

アスファルトの地面が眼前に迫ってくる感覚。

尻をシートの端にずらして、上体は真っ直ぐに保つ。右フルステアで倒し込んだ車体は、ステップが接地する寸前の、ギリギリの角度を保ったまま回転する。

タイヤの軌跡が綺麗な弧を描く。

恐怖は、ある。だが恐怖すらも制御する。

タイヤが横滑りする気配。じわじわと大きくなる。だがまだ我慢。まだ我慢。

いまだ――。

思い切りスロットルを開く。

解き放たれた重量三〇〇キロの獣が、低い唸りとともに猛然と走り出す。

できた……小道路旋回！

右ステアリングの部分にあるスイッチを「P」に倒し、赤色灯を点灯させる。ギアを切り換えながら、加速していく。

ほどなくセレナに追いついた。

男二人組は無線の情報と一致する。だがミニバンではなくワンボックス。グリーンではなくシルバーグリーン。法定速度を守った走行をしている。

どうしたものか――。

木乃美が躊躇したその瞬間、無線の注意喚起音が鳴った。

『機捜四八から照会センター。新城管内の強盗事件において、逃走中の犯人グループが乗り捨てたと思われる車両を発見。発見地点は川崎市多摩《たま》区菅仙谷《すげせんごく》三丁目〇番△△号にある駐車場。ナンバー照会願えますか。ナンバーは多摩五八〇――』

ということは、このセレナは違うのか。

いや、無線の車両はまだナンバー照会中だ。確定したわけではない。

木乃美はマイクのスイッチを入れた。

「グリーンのセレナの運転手さん。左に寄せて止まってください」

セレナは素直に左ウィンカーを点灯させ、速度を緩めた。

セレナが路肩に停車する。だがアイドリングしていて、エンジンを切ることはない。

セレナの後ろに白バイを止めた木乃美は、バイクを降りるかどうか迷った。相手の車両がエンジンを切ったのを確認してから、初めてバイクを降りるのが鉄則だ。でないと、運転席に歩み寄ろうとしたときに逃げられてしまう。

「エンジン切ってもらっていいですか」

鍵をひねる仕草をしながら声をかけた。

だがセレナはエンジンを切らない。

運転席の横につけるか。

木乃美がそう思ったとき、セレナのバックランプが点灯した。

まさか——。

「嘘っ……」

セレナがバックしてくる。

木乃美は思わず右ハンドルを切って避けた。進行方向にたいして、垂直な向きになってしまう。

そのタイミングを突いて、セレナが猛スピードで逃走を開始した。

木乃美はちょこちょこと足で漕《こ》いで後退しながら方向転換した。

慌ててスロットルを開いたため、軽く前輪が浮き上がる。

すぐさま本部に報告した。

「こちら交機七八。職質しようとしたところ逃走した車両を追跡中。当該車両はすみれが丘《おか》付近を南へ走行中。車種はシルバーグリーンの日産セレナ。ナンバーは横浜五〇二、ほ△△-××。応援願いたい。付近にＰＣいませんか！」

『神奈川本部了解。傍受の通り。付近最寄りのＰＣにあっては、交機七八に集中運用のこと。以上、神奈川本部』

『交機七四から交機七八。そちらに急行します』

交機七四は潤の白バイのコールサインだ。潤は信じてくれている。

ぜったいに逃してなるものかと、木乃美は前方を見据えた。ぺろりと舌なめずりして乾いた唇を潤し、セレナを追いかける。

するど今度は山羽の声がした。

『交機七一から交機七八。向かいます』

『交機七二から交機七八。もちろん行くぜ』

梶は交信なのにリラックスし過ぎだ。

『おれも行く！』

元口に至っては、コールサインすら告げていない。

とにかくA分隊全員が集合してくれる。

みんなが来るまで、頑張ろう。

木乃美は全身に力が張るのを感じながら、スロットルを開いた。

目的地があるのかないのか、セレナは気まぐれに方向転換を繰り返しながら進む。

川崎から横浜へと逃げ込んだのに、いまはまた川崎方面へと走っている。

だがついに、信号で詰まった先行車両に阻まれ、セレナが停止した。

木乃美は白バイを路側帯に寄せてスタンドを立てると、徒歩でセレナに近づいていった。

そのとき、後部座席のピアスをした男が、こちらに銃口を向けているのに気づいた。

そういえば、武装していたんだった。

だが本物だろうか――？

と疑った瞬間に、破裂音が響き、木乃美はしゃがみ込んだ。街灯から割れたガラス片が降り注いでいるのを見て、背筋が冷たくなった。

5

本物だ。

通行人の女性が悲鳴を上げたのを合図に、あたりが恐慌状態に陥る。逃げ出そうとするドライバーがあちこちでクラクションを鳴らし、強引に発進しようとした車両が前後の車両にぶつかる。中には車を捨てて逃げ出すドライバーもいて、歩道に飛び出して通行人と衝突したり、もつれ合って転倒したりしている。

木乃美は車の陰に隠れ、呼吸の乱れを整えようとした。呼吸が乱れているだけではなく、恐怖で全身が震えていた。

車の窓越しに前方を見ると、セレナから犯人たちが降りるところだった。

追いかけようと立ち上がった瞬間、犯人の一人と目が合う。

銃口を向けられてしゃがみ込んだ瞬間、ぱん、ぱん、と乾いた音がした。思わず手で頭を覆って目を閉じてしまったが、すぐに顔を上げて犯人たちの行方を確認した。

二人の犯人は交差点の停止線最前列に止まっていた、アウディR8の運転席に銃口を向け、運転手を引きずり出した。そのままアウディを乗っ取り、走り出す。

木乃美も急いで白バイに戻り、追跡を再開した。

中原街道を下り、横浜上麻生《かみあさお》線を上り、目的の見えない方向転換を繰り返す。

木乃美はそのたびに現在地と進行方向を、応援に向かっているであろうA分隊の仲間たちに伝えた。

そして、鶴見川を越えて横浜市から川崎市に入ったころだった。

アウディの助手席から乗り出したピアス男が、こちらに銃口を向ける。もう何度目かの光景のため、恐怖心も少し麻痺していた。走行する車内からの銃撃でまともに命中させられるはずがないと、だいぶ冷静にもなっている。

だが、結果的にそれは油断だった。

破裂音とともに、ピアス男の手もとが火を噴く。

同時に、ステアリングががくがくと暴れ始めた。

「うあっ……」

慌ててブレーキを握り、速度を緩める。

どうにか転倒せずに停車させると、木乃美は安堵の息をついた。すでにアウディのエンジン音は遠ざかっている。

バイクを降りてみると、前輪がパンクしていた。奇跡的に弾丸が命中したらしい。タイヤがこの状態では、もはや追跡は不可能だ。

途方に暮れながらアウディの去った方角を見つめていると、白バイが横に停車した。

潤だった。

「遅くなってごめん。早く乗りな！」

シートの後部に跨り、潤の腰に腕を巻きつける。

タンデムの白バイは、なめらかに発進した。シフトアップのタイミングすらわからないほど、スムーズなギアチェンジだ。いっさい無駄のないライン取りと流れるようなステアリング捌き。同乗してみてあらためて実感する。潤の運転技術は図抜けている。

だがアウディの姿は見えない。

交差点に差しかかると、潤はブレーキをかけた。

「どうしたの」

木乃美が訊くと、人差し指を立てる。

「音を探しているんだ」

「音？」

「エンジンの音。逃走車両はアウディだったろ」

「うん」

潤はしばらく動きを止めて気配を探っている様子だったが、やがてがっくりと肩を落とした。

「駄目だ。さすがに遠すぎてわからない」

そのとき、無線が注意喚起音を発した。

『こちら交機七一』山羽だ。

『逃走車両と思《おぼ》しきアウディを発見。当該車両は観音《かんのん》児童公園前の交差点を通過。県立大師《だいし》高校方面へ走行中』

応じたのは梶だった。

『交機七二から交機七一。了解しました。ちょうど大師高校付近にいます。そちらに急行します』

『おれのことも忘れてもらっちゃ困るぜ』

元口はやはりコールサインすら告げず、事務所で談笑しているかのようだ。

梶が電波を通じてツッコむ。

『おまえ誰だよ』

『二中隊のエースに決まってるじゃないですか』

『いつからおまえがエースになったのさ』

『うちのガキどもにとっては、最初からそうですよ』

『なんだよそれ。ちょっといい話になってるじゃないか』

潤はにやりと木乃美に目配せしてから、交信に加わった。

「交機七四。本物のエースが向かいます」

木乃美は潤のヘルメットに顔を近づけ、潤のインカムで語りかけた。

「私も交機七四に同乗しています！」

『どういうことだ？　まさか二ケツしてんのか』

元口が訊く。

「そういうことです」

潤の答えに、元口は慌てた様子だった。白バイは一人乗り仕様だ。大型自動二輪車等乗車方法違反となる。

『おいおい。そりゃないだろ。ねえ、班長』

だが山羽の反応はない。『鬼の一交機』の切り込み隊長として同じことをしていた自分の過去を顧みれば、無下に部下を叱るわけにもいかないという葛藤が見えた。

それをわかった上での、木乃美の頼みだった。

「お願いします！　班長」

『おまえなあ……』と苦々しげな音声が返ってくる。

「緊急事態です。私からもお願いします」

潤の加勢で、決断したようだった。

『後で反則処理するからな。きちんと反則金納めろよ』

木乃美と潤は笑顔を交わし合う。

『これで全員集合ってわけか』

無邪気に声を弾ませるのは梶だ。

ほどなく、追跡モードに入った山羽の硬い声が流れてくる。

『こちら交機七一。逃走車両は産業道路から国道一三二号線へ入り、川崎駅方面に向かって走行中』

「ってことは……」

潤がステアリングを両手で握り、発進する素振りを見せたので、木乃美は潤の腰にしがみついた。

大通りから裏道に入り、目的地に最短距離で向かう。途中で何度か山羽から現在地の情報が入り、進路を軌道修正した。

あちこちからサイレンが聞こえ始める。仲間たちが近くにいるのだ。

やがて前方に白バイが見えた。ひょろりとした後ろ姿は、梶だ。

隣に並ぶと、梶はシールドを持ち上げ、笑顔で叫んだ。

「本当にタンデムしてやがる！」

潤は軽く手を上げ、木乃美は小さく頭を下げて応じる。

遠くから聞こえるサイレンを追いかけていると、一車線道路の前方からアウディが走ってくるのが見えた。その後ろについているのは、山羽と元口の白バイか。

「挟み撃ちにしよう！」

梶の声に頷き、潤が速度を上げる。

潤の背中越しにアウディを見ていた木乃美が叫んだ。

「危ないっ！」

助手席のピアス男が拳銃を取り出すのが見えたのだ。

その直後、銃声がして、梶と潤の白バイは速度を緩め、それぞれ道路の左右の路肩に寄った。

ふいに、アウディの姿が消えた。

道の途中に建っている、三階建ての立体駐車場に逃げ込んだのだ。

四台が立体駐車場の前に達すると、エンジン音が降ってくる。アウディは上階に向かっているらしい。

五人はシールドを上げ、相談する。

「どうする、班長」

元口は空ぶかしさせ、突入する気満々という感じだ。

「ここまで来ればわざわざ危険を冒さなくとも、やつらはもう袋の鼠だ」

慎重論を唱えるのは梶だ。

木乃美は駐車場を覗き込んだ。立体駐車場の内部は薄暗く、武装した犯人がどこに潜んでいるかわからない。

「出入り口はここと、あそこの二か所ですね」

潤が冷静に分析する。立体駐車場は角地に建っており、道路に面した二面二か所に出入り口がある。

「ここで応援を待つか」

山羽が建物を見上げるのに釣られて、木乃美も視線を上げたそのときだった。銃声とともに、すぐそばのアスファルトが砕けた。

二人の犯人が屋上からこちらに銃口を向けている。

「まずい！　退避だ！」

五人はバイクを降り、避難する。

屋上から死角になる交差点の角に逃げ込むまでに、何発もの銃声を聞いた。

「ポリは消えろ！」

仁王立ちした二人が、大声で笑いながら拳銃を乱射する。

「完全にいかれてんな、あいつら」

元口が壁を背にして小さくなりながら、銃声に肩を跳ね上げる。

「班長。応戦するべきです。近隣住民に危害が加えられる危険性があります」

梶は中腰になりながら、すでにニューナンブのホルスターに手をかけていた。

「危ないから来ないで！」

潤はこちらに向かおうとする通行人の存在に気づき、両手を振って追い払おうとする。

「こら！　窓閉めてろ！」

元口は向かいの建物の窓から顔を覗かせた老人に指示した。

昼下がりの住宅街の一角だ。幸いなことに人通りは少ない。だが乱射された弾丸が、いつ罪もない市民に命中しないとも限らない。

「おまえたちは撃つな。おれが撃つ」

発砲の責任を一人で背負う覚悟を決めたらしい。山羽がホルスターに手をかけ、立ち上がる。

「一人だけいいカッコさせないぜ！　班長には未来ちゃんがいるだろう」

元口が山羽の肩を摑む。

「元口だって奥さんがいるだろう」

「嫌なことを思い出させんなよ」

「未来ちゃんって……」

木乃美の呟きに反応したのは潤だった。

「ああ。班長の姪御《めいご》さんね」

「姪御さん？　彼女じゃないの」

「彼女……だと思ってるんじゃないの。未来ちゃんは。将来は班長と結婚するつもりらしいから」

潤がにやりとした。梶が話を引き継ぐ。

「班長。妹さん夫婦を交通事故で亡くしてるんだ。その忘れ形見が未来ちゃん」

モテるためめって……まさか――。

「話してよかったんですよね？　これから撃たれて死ぬんだから」

梶の軽口に、元口と揉み合っていた山羽がこちらを向いた。

「やめとけ。そういう話すると、こいつ、おれに惚れちゃうだろ」

元口を制して、山羽が壁から半分ほど顔を覗かせ、両手でニューナンブをかまえた。

だがそのときには、二人の姿は消えていた。

硝煙の臭いだけが、あたりに立ち込めている。

「どこ行った。あいつら」

梶が地面を這うようにして、屋上を見上げる。

山羽は拳銃をかまえたまま、慎重な足どりで立体駐車場のほうに歩き出そうとした。

そのときだった。

低く唸るエンジン音とともに、二台のバイクが駐車場から飛び出してきた。カワサキ・ニンジャ650と、ホンダ・CBR600RR。それぞれのライダーは、リュックを背負っている。強奪した現金が入っているのだろう。

「やべっ！　逃げられた！」

白バイのもとに駆け戻りながら、元口が舌打ちする。

「すっかりしてやられた。やつら、最初からここで単車に乗り換える計画だったんだ」

シートに跨った梶も悔しそうだ。

だが山羽は違った。

ステアリングを握りながら、部下たちの顔を見回す。

「これはラッキーだ。そうは思わないか。単車に乗りながらじゃ拳銃は撃てないし、なにより単車同士なら、おれたちが負けることはない」

言われてみればそうだ。

単車同士の勝負になった時点で、勝ったも同然だ。

不敵な笑みが、A分隊に自信となって伝染する。

一台に同乗した木乃美と潤も頷き合って、ヘルメットのシールドを下ろした。

6

潤、山羽、元口、梶の順にスタートする。

集団走行の基本は千鳥走行だ。

二台が横並びになることなく、車線の左側に潤、その後ろにつく山羽が右、さらにその後ろの梶が左、そして元口が右という隊列を組んで進む。だが隊列を組んでいるからといって、スピードを犠牲にはしない。速く、かつ正確に。白バイ隊は公道走行のスペシャリスト集団だ。

「こっち！」

遠くのエンジン音を頼りに追跡する潤は、ときおり急ハンドルを切ることもあるのだが、後ろの三台が隊列を乱すことはない。

「いた！　あれだ！」

木乃美が前方を指差すと、潤は親指を立てた。

たしかに猛スピードで走行する二台のバイクが見える。

片側二車線ずつの幹線道路だ。

左のニンジャを駆るほうの筋肉質な男が、ちらりとこちらを振り返ってバランスを崩した。そのせいでピアス男のＣＢＲが先行する。

山羽は遅れをとったニンジャを、最初の標的に選んだようだ。自分の後ろを走る梶、元口にハンドサインで指示を与える。

そして牙を剝いた。

山羽の立てた人差し指が曲がるのを合図に、隊列が崩れる。

千鳥走行から縦一列へ。

鮮やかな動きで隊列を組み替えた四台は、速度を上げてニンジャを捕捉する。そのまま潤、山羽、元口がいっきにニンジャを抜き去った。梶だけがニンジャの後方に残されたかたちだ。

あまりにあっけなく先行されて、ニンジャのライダーがきょろきょろと動揺している。

交差点に進入すると、今度は梶が速度を上げ、ニンジャの左側についた。並走しながら右に進路をとり、じわじわとプレッシャーを与えながら、ニンジャを二車線の中央へと誘導する。

交差点を通過し終えるころには、左に梶、右にニンジャと並走するかたちになっていた。

続いて元口が動く。

速度を緩めながらニンジャの右につき、梶のバイクとともに、左右からニンジャを挟み込む。

梶と元口は少しずつニンジャとの間隔を狭めていく。ライダーはおろおろとするばかりで逃げられない。速度を上げようが落とそうが、梶と元口も息の合った加減速で合わせてくる。

仕上げが山羽だ。

ニンジャの真正面につき、減速する。

梶、元口と、凸形の編隊を作ってニンジャの逃げ場をなくした後は、三人で少しずつ速度を落としていく。打つ手をなくしたニンジャは、停止するしかない。

「すごい！　なにあれ！」

背後を振り返りながら、木乃美は叫んだ。

「私たちも負けていられないよ！」

潤は自らに気合いを入れるようにスロットルを開く。

前方を行くＣＢＲは、スピードでは白バイに勝てないと悟ったか。意表をつくように急ハンドルを切り、側道に突っ込んだ。潤もついていく。歩道の通行人から悲鳴が上がる。

「下手くそ！　マシンに振り回されてるじゃないか！」

かくかくとしたライン取りで進むＣＢＲにたいして、潤の白バイが描く軌道は、なめらかな曲線だ。かなりのスピードが出ているのに、恐怖をあまり感じない。いくら裏をかこうとしても、さっぱり白バイを引き離せないＣＢＲのライダーが滑稽に思える。

川崎市からふたたび横浜市に入った。

「いい加減にしろよ！」

潤がうんざりした口調で吐き捨てる。

最終的な目的地はあるのかもしれないが、そこに向かうためには白バイを振り切らなければならない。それはもはや不可能なので、あてもなく逃げ回るしかなくなっている。

途中でバイクに乗り換えたところで、完全に追手を撒いたつもりだったのだろう。犯人グループの計画は、完全に狂ったのだ。

「早く捕まえないと！」

木乃美は暴走するＣＢＲを見つめた。潤がＣＢＲに撒かれることはまずないだろうが、長く走らせると事故のリスクが高まる。

「わかってるさ！　だけど、どうする！」

潤の声音にわずかな焦りが滲む。

ぐるぐると逃げ回るＣＢＲを追いかけて、綱島街道に出た。

7

鶴見川を渡り、綱島駅近くを通過したあたりから、白バイはなぜかＣＢＲに引き離され始めた。

滝川まどかの事故がまだ尾を引いているのだと、木乃美は気づいた。あの事故の現場へと近づいている。

「大丈夫だよ！　大丈夫！」

木乃美の腰をしっかりと抱き締める。

「なんだよ、それ！」

潤は鼻で笑ったが、運転は呼応するように安定し始めた。

ＣＢＲのお尻が、ぐっと近づいてくる。

「おいこら、止まれ！　止まれって！」

思い出したように潤がマイクで呼びかけるが、やはり効果はない。

「どうするんだよこいつ！　どうやったら止まるんだ！」

潤は左右に首を小さく振った。

そのときふと、木乃美の中で閃《ひらめ》きが弾けた。

「ねえ、あれできる？」

「あれってなに！」

「元口さんと梶さんがやってたあれ！」

接触転倒しないぎりぎりの幅寄せ。ほれぼれするような手並みだった。

「私を誰だと思ってんの！　あの二人なんて目じゃないさ！　もっと上手い！」

「じゃあやってよ！」

「なんで！　一台でやっても意味ないじゃん」

「いいから寄せて！」

東急東横線日吉駅前を通過する。

やはりトラウマが甦るのか、下り坂に差しかかったのに白バイの速度が伸びない。

木乃美は潤をぎゅっと抱き締める。

「痛いよ！」

潤が抗議する。

それでも木乃美は潤に鞭《むち》を入れるつもりで、ぎゅっと抱き締めた。

「頑張れよ！　もう逃げないんだろ！　逃げるのやめたんだろ！」

「わかったってば！」

潤がスロットルを全開にし、上体を前傾させる。見る間に加速して、ＣＢＲの右に並んだ。

緩やかなカーブに差しかかる。

カーブの終わった先が、滝川まどかの死亡事故の発生地点だ。木乃美も潤も通った警察学校木月分校の前。

「逃げんなよ！」

木乃美は挑発する。

「逃げるか！」

潤を覆っていた透明な膜が弾けた気がした。もう大丈夫だ。

「もっと寄せて！　できないの」

「できないわけないだろ！」

サイドボックスがＣＢＲに接触する寸前まで近づく。

自ら幅寄せを要求しておきながら、木乃美はひやりとした。だがひやりとしたのは、木乃美だけだったようだ。潤は平然とステアリングを握っている。

「このままね！　このまま！」

木乃美は潤の肩をぽんぽんと二度叩き、垂らしていた足をシートに持ち上げた。左足、右足と順にシートに載せ、体育座りの体勢になる。そのまま潤の肩に摑まり、腰を上げた。

「なにやってんだよ！　危ないって！」

振り向こうとする潤に、逆に警告する。

「危ないから！　しっかり前見てて！」

潤の運転が乱れようものなら、即座に振り落とされて一巻の終わりだ。

そうでなくとも、バランスを取るのが難しい。木乃美はおっとっととバランスを崩し、なんとかもちこたえる。背筋を冷たいものが滑り降りる。

「あんた！　まさか……」

「前見て！」

右手を潤の左肩に置き、ＣＢＲのほうを向いて立ち上がる。

が、ふらついて倒れそうになり、すぐに腰を落とした。

「やめときなって！　死ぬよ！」

「死なない！　でも、死ぬ気でやんなきゃ！」

ふたたび腰を上げる。左足の爪先でサイドボックスに触れながら、ＣＢＲとの距離感を測った。

大きく深呼吸をして、目を閉じる。

私はできる。私は諦めない。私はできる。私は諦めない。

諦めない。諦めない。諦めない。

諦めない――――！

目を見開き、目的地をしっかり見据えた。

アイ、キャン……。

「フライッ！」

木乃美はシートを蹴り、大きく宙を舞った。

8

対向車線を走ってきた赤いトヨタ・パッソは、そのかわいらしい見た目とは裏腹なスピードを出していた。

木乃美は颯爽と小道路旋回を決め、すぐさま追尾に入る。

時速一〇〇キロ超えまで、ほんの数秒。公道ではプロのレーサーでさえ、白バイから逃れることはできない。

パッソを捕捉。測定開始。

時速七六キロ。制限速度を一六キロ超過。メーターの数値を固定。迷わずサイレンのスイッチを入れた。

「車ナンバー〇〇〇 - ×××の運転手さん、左に寄せて止めてください」

減速したパッソがハザードランプを点灯させる。

完全にパッソが停止するのを待って、木乃美はバイクを降りた。

運転席に歩み寄る。

「こんにちは。急いでらしたんですか」

白髪交じりの角刈り。不健康そうなスモーカーズフェイス。

わずかにウィンドウを下ろした運転席にいたのは、かつて信号無視を巡って押し問答になった、8トントラックのドライバーだった。

ドライバーは木乃美を見上げ、眉根を寄せた。

「あんた。どこかで会ったか」

はっきりとは思い出せないらしい。もう半年も前のことだから、当然か。

当時は白バイ隊員を辞めようかとさえ思っていた。だがあの後、本当にいろんなことがあった。解散したはずの伝説の暴走族について調べるはずが、危険ドラッグや連続強盗事件の捜査にかかわり、なぜか最後は逃走車両のCBRに飛び移ることまでした。

CBRに乗り移り、逮捕には成功したものの、ライダーがバランスを崩して転倒し、木乃美は大腿骨骨折《だいたいこつ》で三か月も戦列を離れる羽目になった。上層部には、白バイの二人乗りを重く見て厳重な処分を下そうという意見もあったようだが、吉村の懸命な働きかけで、事なきを得たという。

入院中には、島根から上京した母が面倒を見てくれ、たくさんの同僚や友人たちが見舞いに来てくれた。

坂巻と峯は、捜査状況を教えてくれた。

研究者面をしていた青木尚だったが、当初は小山のようなチンピラにハイパーミントを卸し、その成果を宣伝材料に、より大きな反社会的組織との取引を目論《もくろ》んでいたらしい。向井を通じて、暴力団への販路を広げようとしていた。A分隊の活躍により、水際で阻止したかたちだ。

ハイパーミントで多くの人間を意のままに動かし、警察を翻弄した経験は、本来の研究の分野で日の目を見ることのなかった青木尚に、えがたい万能感をもたらしたようだ。反省の素振りはなく、すでに出所後の「活動」を視野に入れているふしがあるという。結局は開発者である青木尚自身が、ハイパーミントに捉われ、操られていた。

――女の子紹介してもらうことになってはおったけど、おまえの失恋の仕方があまりに悲惨だから、おれのほうからも誰か紹介してやるったい。

坂巻からはそういう申し出があったが、余計なお世話だと断った。青木にたいして少しだけ胸がときめいたのは事実だが、好きにはなっていない。だから断じて、失恋などしていない。

――そうか。まあ、いまのところ、おまえにお似合いのBはバイクってことやな。

坂巻はそう言って笑いながら去っていった。

A分隊の面々は、非番や週休を利用して代わる代わる訪ねてきた。

吉村は入院生活が退屈だろうとたくさんの本を届けてくれたが、すべて昇任試験対策の参考書だった。目を通すとすぐに寝てしまい、あっと言う間に数時間が経過しているという意味では、たしかに退屈しのぎになっているかもしれない。

元口と梶は二人セットでやってきては、漫才さながらのやりとりで腹がよじれるほど笑わせてくれた。あまりに騒ぎ過ぎるせいで、最後のほうはすっかり看護師に目を付けられていたが。

潤は紙袋を提げて現れた。本当になにもないところで申し訳ないんだけどと言って取り出したのは、煎餅の菓子折りだった。潤の地元では有名な店なのだと言う。潤は久々に帰省したらしい。近所の鰻《うなぎ》屋へ、家族で食事にも行ったとも話した。

——結局、お父さんとはほとんど喋れなかったけどね。だってなに話していいか、わからない。

そう言う潤は、しかしとても楽しそうな口ぶりだった。

そして山羽は、噂《うわさ》の小さな恋人を同伴して現れた。週休日には、ほとんど姪の相手をして過ごしているらしい。

ということは、横浜狂走連合の元総長・九鬼や、滝川まどか宅を訪問した日には、未来ちゃんから大事な恋人を奪ったことになるのか。

なぜだか敵意溢れる少女の態度で気づいた。

そんな姪っ子に苦笑しながら、山羽は言った。

――それにしても、本当に飛び移るとはな。

若かりし日に九鬼の暴走バイクに飛び移ったとされる山羽だが、正確には「飛び移る」と言うより「乗り移る」だったらしい。つねに並走するバイク二台のどちらかに足場を確保した上で、白バイから九鬼の暴走バイクに乗り移った。

――そういう意味ではおまえ、新しい伝説作ったんだよ。すごいよ。

あきれながらもそう言って讃《たた》えてくれた。

――おまえと川崎の二人で、爆弾娘コンビの誕生だな。二人揃うとなにしでかすか、わかったもんじゃない。

そうも言っていた。

「急いでいる。実は、孫が生まれるんだ」

その声で現在に引き戻された。

ドライバーはおろおろと視線を泳がせている。

　木乃美はマフラーを顎の下に敷き、口もとを露出させた。白い息とともに言葉を吐き出す。

「それはおめでとうございます。ですが、制限速度は守っていただかないと」

「わかってるさ。申し訳ない。反則金ならちゃんと納めるから、もう行かせてくれないか」

　合掌で拝まれた。

　半年前と違反者の態度がまったく異なるのは、状況が違うせいか、それとも木乃美が変わったからだろうか。わからない。

「駄目です。行かせるわけにはいきません」

　きっぱり言うと、ドライバーの肩が落ちた。

「このまま行かせれば、また速度違反を犯す危険性があります。どこの病院ですか。私が先導します」

　ドライバーが驚きに目を見開いた。

　瞳を潤ませながら、また拝まれた。

「ありがとう。本当にありがとう」

「お礼には及びません。ただし病院に着いたら、反則告知書交付の手続きを取りますよ」

「ああ。わかってる」

——あいつ勝負しちゃってんだよな、いろんなものと。

潤について語っていた山羽の言葉の真意が、いまならなんとなく理解できる。違反者に負けないように、なめられないようにと、潤だけでなく木乃美も身構えるようになっていた。最初からそんな心構えで臨んでくる相手にたいし、敵意を抱くなというのは無理な話だ。

締めるところは毅然と。しかしそれ以外は柔軟に。

山羽の姿勢を見て、なんとなく学んだ気がする。まだはっきりとした答えは見つかっていないが、これからも見つける努力を続けるつもりだ。

「病院はどこですか」

「川崎の、聖イグナシオ病院だ」

すぐにぴんと来た。管轄区域内の地理は、ほぼ頭に入っている。

「これから先導しますが、焦らず、安全運転でついてきてください」

「もちろんだ」

「その前に落ち着きましょう。私と一緒に深呼吸してください」

「わ……わかった」

大きく息を吸って胸を膨らませ、吐き出す。その刹那、薄く開いた唇に冷たい感触が滑り込んできた。

空を見上げると、ちらちらと白い雪片が舞い降りている。

もうそんな季節かと感慨に耽《ふけ》る。同時に、気を引き締めてかからねばとも思った。路面が凍れば、当然事故は増える。

「それじゃあ行きましょう。相川さん」

「えっ……」

名乗ってもいないはずの名前を呼ばれたドライバーが、狐《きつね》につままれたような顔をする。

しばらくきょとんとしていたが、やがて大きく目と口を開いた。

「あのときの！」

ようやく思い出したらしい。

せめてもの意趣返しだった。

木乃美はにっこりとした笑みで応え、白バイに戻る。

シートに跨り、パッソの前までバイクを移動した。

「行きますよ」

スロットルを開き、発進する。

ゆるやかに景色が流れ始める。

しばらく走って信号で停止していると、対向車線を緊急走行の白バイが通過した。潤だった。速度違反でも発見したのだろうか。相変わらずのライディングテクニックで糸を引くように走り去る。

いつものようにすれ違う瞬間、潤は一瞬だけステアリングから手を離し、軽く親指を立てていた。並みのライダーなら見落とすところだが、木乃美には見える。

信号が青に変わる。

さあ、出発だ。

木乃美は親指を立てていた右手をステアリングに戻し、フットレストに足を載せた。

本作品は書き下ろしです。フィクションであり、実在する個人および団体とは一切関係ありません。（編集部）

文日実
庫本業 さ41
社之

白《しろ》バイガール

2016年2月15日　初版第1刷発行
2016年3月5日　初版第2刷発行

著　者　佐藤青南《さとうせいなん》

発行者　増田義和
発行所　株式会社実業之日本社
〒104-8233　東京都中央区京橋 3-7-5 京橋スクエア
電話 [編集]03(3562)2051 [販売]03(3535)4441
ホームページ　http://www.j-n.co.jp/
DTP　株式会社ラッシュ
印刷所　大日本印刷株式会社
製本所　株式会社ブックアート

フォーマットデザイン　鈴木正道(Suzuki Design)

ISBN978-4-408-55276-7（文芸）